回忆 让我
情不自禁

丰子恺 等◎著

北京联合出版公司
Beijing United Publishing Co.,Ltd.

图书在版编目（CIP）数据

回忆让我情不自禁 / 丰子恺等著 .—— 北京：北京联合出版公司，

2016.9（2024.3重印）

（极简的阅读）

ISBN 978-7-5502-8408-1

Ⅰ.①回… Ⅱ.①丰… Ⅲ.①散文集—中国—当代 Ⅳ.① I267

中国版本图书馆 CIP 数据核字（2016）第192967号

回忆让我情不自禁

作　　者：丰子恺 等
责任编辑：崔保华
特约编辑：黄川川
版权支持：张　婧

北京联合出版公司出版
（北京市西城区德外大街 83 号楼 9 层　100088）
三河市恒升印装有限公司印刷　新华书店经销
字数：116 千字　787mm×1092mm　1/32　印张：7
2016 年 10 月第 1 版　2024 年 3 月第 6 次印刷
ISBN 978-7-5502-8408-1
定价：30.00 元

极简_的阅读

时移境迁，浮光掠影

他们的文字，穿越时空，抚慰你我，引领前行

目录

我的母亲 / 胡适 /1

盛名下的苍凉——胞弟眼中的张爱玲 / 张子静 /9

怀李叔同先生 / 丰子恺 /23

怀念萧珊 / 巴金 /35

儿子追忆张乐平："三毛"身上有他的影子（节选）
/ 张慰军口述 龚丹韵整理 /53

勤奋好学的大哥钱钟书 / 钱钟鲁 /65

回忆梁实秋先生 / 季羡林 /77

梁思成、林徽因与我——梁思成第二位夫人自述（节选）
／ 林洙 /83

我和父亲林语堂 / 林太乙 /93

倏忽人间四月天——回忆我的母亲林徽因（节选）
／ 梁从诫 /101

我的双亲：梁实秋与程季淑 / 梁文蔷 /135

星斗其文，赤子其人 / 汪曾祺 /145

回忆父亲丰子恺 / 丰一吟 /159

回忆陈寅恪先生 / 季羡林 /169

回忆胡适之 / 周作人 /185

若子的病 / 周作人 /193

悼丏师 / 丰子恺 /199

忆周作人先生 / 梁实秋 /209

我的母亲
wǒ de mǔ qīn

胡适

　　世间最可厌恶的事莫如一张生气的脸；世间最下流的事莫如把生气的脸摆给旁人看。

　　我小时身体弱，不能跟着野
蛮的孩子们一块儿玩。我母亲也
不准我和他们乱跑乱跳。小时不
曾养成活泼游戏的习惯，无论在
什么地方，我总是文绉绉的。所
以家乡老辈都说我"像个先生样
子"，遂叫我做"穈先生"。这个
绰号叫出去之后，人都知道三先
生的小儿子叫做穈先生了。既有
"先生"之名，我不能不装出点"先
生"样子，更不能跟着顽童们"野"

了。有一天，我在我家八字门口和一班孩子"掷铜钱"，一位老辈走过，见了我，笑道："糜先生也掷铜钱吗？"我听了羞愧得面红耳热，觉得太失了"先生"的身分！

大人们鼓励我装先生样子，我也没有嬉戏的能力和习惯，又因为我确是喜欢看书，故我一生可算是不曾享过儿童游戏的生活。每年秋天，我的庶祖母同我到田里去"监割"（顶好的田，水旱无忧，收成最好，佃户每约田主来监割，打下谷子，两家平分），我总是坐在小树下看小说。十一二岁时，我稍活泼一点，居然和一群同学组织了一个戏剧班，做了一些木刀竹枪，借得了几副假胡须，就在村口田里做戏。我做的往往是诸葛亮、刘备一类的文角儿；只有一次我做史文恭，被花荣一箭从椅子上射倒下去，这算是我最活泼的玩艺儿了。

我在这九年（1895—1904）之中，只学得了读书写字两件事。在文字和思想的方面，不能不算是打了一点底子。但别的方面都没有发展的机会。有一次我们村里"当朋"（八都凡五村，称为"五朋"，每年一村轮着做太子会，名为"当朋"）筹备太子会，有人提议要派我加入前村的昆腔队里学习吹笙或吹笛。族里长辈反对，说我年纪太小，不能跟着太子会走遍五朋。于是我便失掉了这学习音乐的唯一机会。三十年来，我不曾拿过乐器，也全不懂音乐；究竟我有没有一点学音乐的天资，我至今还不知道。至于学图画，更是不可能的事。我常常用竹纸蒙在小说书的石印绘像上，摹画书上的英雄美人。有一天，被先生看见了，挨了一顿大骂，抽屉里的图画都被搜出撕毁了。于是我又失掉了学做画家的机会。

但这九年的生活，除了读书看书之外，究竟给了我一点做人的训练。在这一点上，我的恩师便是我的慈母。

每天天刚亮时，我母亲便把我喊醒，叫我披衣坐起。我从不知道她醒来坐了多久了。她看我清醒了，便对我说昨天我做错了什么事，说错了什么话，要我认错，要我用功读书。有时候她对我说父亲的种种好处，她说："你总要踏上你老子的脚步。我一生只晓得这一个完全的人，你要学他，不要跌他的股。"（跌股便是丢脸，出丑。）她说到伤心处，往往掉下泪来。到天大明时，她才把我的衣服穿好，催我去上早学。学堂门上的锁匙放在先生家里；我先到学堂门口一望，便跑到先生家里去敲门。先生家里有人把锁匙从门缝里递出来，我拿了跑回去，开了门，坐下念生书。十天之中，总有八九天我是第一个去开学堂门的。等到先生来了，我背了生书，才回家吃早饭。

我母亲管束我最严，她是慈母兼任严父。但她从来不在别人面前骂我一句，打我一下。我做错了事，她只对我一望，我看见了她的严厉眼光，便吓住了。犯的事小，她等到第二天早晨我眠醒时才教训我。犯的事大，她等到晚上人静时，关了房门，先责

5

备我，然后行罚，或罚跪，或拧我的肉。无论怎样重罚，总不许我哭出声音来。她教训儿子不是借此出气叫别人听的。

有一个初秋的傍晚，我吃了晚饭，在门口玩，身上只穿着一件单背心。这时候我母亲的妹子玉英姨母在我家住，她怕我冷了，拿了一件小衫出来叫我穿。我不肯穿，她说："穿上吧，凉了。"我随口回答："娘（凉）什么！老子都不老子呀。"我刚说了这一句，一抬头，看见母亲从家里走出，我赶快把小衫穿上。但她已听见这句轻薄的话。晚上人静后，她罚我跪下，重重地责罚了一顿。她说："你没了老子，是多么得意的事！好用来说嘴！"她气得坐着发抖，也不许我上床去睡。我跪着哭，用手擦眼泪，不知擦进了什么微菌，后来足足害了一年多的眼翳病。医来医去，总医不好。我母亲心里又悔又急，听说眼翳可以用舌头舔去，有一夜她把我叫醒，她真用舌头舔我的病眼。这是我的严师，我的慈母。

我母亲二十三岁做了寡妇，又是当家的后母。这种生活的痛苦，我的笨笔写不出一万分之一二。家中财政本不宽裕，全靠二哥在上海经营调度。大哥从小便是败子，吸鸦片烟，赌博，钱到手就光，光了便回家打主意，见了香炉便拿出去卖，捞着锡茶壶便拿出去押。我母亲几次邀了本家长辈来，给他定下每月用费的数目。但他总不够用，到处都欠下烟债赌债。每年除夕我家中总有一大群讨债的，每人一盏灯笼，坐在大厅上不肯去。大哥早已避出去了。大厅的两排椅子上满满的都是灯笼和债主。我母亲走进走出，料理年夜饭，谢灶神，压岁钱等事，只当做不曾看见这一群人。到了近半夜，快要"封门"了，我母亲才走后门出去，央一位邻舍本家到我家来，每一家债户开发一点钱。做好做歹的，这一群讨债的才一个一个提着灯笼走出去。一会儿，大哥敲门回来了。我母亲从不骂他一句。并且因为是新年，她脸上从不露出一点怒色。这样的过年，我过了六七次。

大嫂是个最无能而又最不懂事的人，二嫂是个很能干而气量很窄小的人。她们常常闹意见，只因为我母亲的和气榜样，她们还不曾有公然相骂相打的事。她们闹气时，只是不说话，不答话，把脸放下来，叫人难看；二嫂生气时，脸色变青，更是怕人。她们对我母亲闹气时，也是如此。我起初全不懂得这一套，后来也渐渐懂得看人的脸色了。我渐渐明白，世间最可厌恶的事莫如一张生气的脸；世间最下流的事莫如把生气的脸摆给旁人看。这比打骂还难受。

我母亲的气量大，性子好，又因为做了后母后婆，她更事事留心，事事格外容忍。大哥的女儿比我只小一岁，她的饮食衣服总是和我的一样。我和她有小争执，总是我吃亏，母亲总是责备我，要我事事让她。后来大嫂二嫂都生了儿子了，她们生气时便打骂孩子来出气，一面打，一面用尖刻有刺的话骂给别人听。我母亲只装做不听见。有时候，她实在忍不住了，便悄悄走出门去，或到左邻立大嫂家去坐一会，或走后门到后邻度嫂家去闲谈。她从不和两个嫂子吵一句嘴。

每个嫂子一生气，往往十天半个月不歇，天天走进走出，板着脸，咬着嘴，打骂小孩子出气。我母亲只忍耐着，到实在不可

7

再忍的一天，她也有她的法子。这一天的天明时，她便不起床，轻轻的哭一场。她不骂一个人，只哭她的丈夫，哭她自己苦命，留不住她丈夫来照管她。她先哭时，声音很低，渐渐哭出声来。我醒了起来劝她，她不肯住。这时候，我总听得见前堂（二嫂住前堂东房）或后堂（大嫂住后堂西房）有一扇房门开了，一个嫂子走出房向厨房走去。不多一会，那位嫂子来敲我们的房门了。我开了房门，她走进来，捧着一碗热茶，送到我母亲床前，劝她止哭，请她喝口热茶。我母亲慢慢停住哭声，伸手接了茶碗。那位嫂子站着劝一会，才退出去。没有一句话提到什么人，也没有一个字提到这十天半个月来的气脸，然而各人心里明白，泡茶进来的嫂子总是那十天半个月来闹气的人。奇怪的很，这一哭之后，至少有一两个月的太平清静日子。

我母亲待人最仁慈，最温和，从来没有一句伤人感情的话。但她有时候也很有刚气，不受一点人格上的侮辱。我家五叔是个无正业的浪人，有一天在烟馆里发牢骚，说我母亲家中有事总请某人帮忙，大概总有什么好处给他。这句话传到了我母亲耳朵里，她气得大哭，请了几位本家来，把五叔喊来，她当面质问他，她给了某人什么好处。直到五叔当众认错赔罪，她才罢休。

我在我母亲的教训之下度过了少年时代，受了她的极大极深的影响。我十四岁（其实只有十二岁零两三个月）便离开她了，在这广漠的人海里独自混了二十多年，没有一个人管束过我。如果我学得了一丝一毫的好脾气，如果我学得了一点点待人接物的和气，如果我能宽恕人，体谅人，——我都得感谢我的慈母。

盛名下的苍凉

——胞弟眼中的张爱玲

张子静

　　她曾经跟我说："一个人假使没有什么特长，最好是做得特别，可以引人注意。我认为与其做一个平庸的人过一辈子清闲生活，终其身，默默无闻，不如做一个特别的人，做点特别的事，大家都晓得有这么一个人；不管他人是好是坏，但名气总归有了。"

　　张爱玲曾在1944年5月发表的散文《童言无忌》中这样描写她唯一的弟弟:"我的弟弟生得很美而我一点也不。……我比他大一岁,比他会说话,比他身体好,我能吃的他不能吃,我能做的他不能做。有了后母之后,我住读的时候多,难得回家一次,大家纷纷告诉我他的劣迹,逃学、忤逆、没志气……"张爱玲笔下那个"很美"而"没志气"的弟弟,名叫张子静（1921—1997）。张爱玲辞世之后，有感自己"风烛残年、来日苦短"的张子静，决定把自己所知道的一些事情写出来。在文章中，张子静真情回忆姐弟往事、家庭变故、人世沧桑，其中不乏鲜为人知的细节。

1995年中秋次日，从太平洋彼岸传来姐姐离开人世的消息。那几天，我的脑中一片空白，时常呆坐半天，什么也想不出来。再读《童言无忌》中的"弟弟"，我的眼泪终于忍不住汩汩而下，"很美"的我，已经年老；"没志气"的我，庸碌大半生，仍是一个凡夫。

这么多年以来，我和姐姐一样，也是一个人孤单地过着。但我心里并不觉得孤独，因为知道姐姐还在地球的另一端（美国），和我同存于世。尤其读到她的文章，我就更觉得亲。姐姐待我，亦如常人，总是疏于音问。我了解她的个性和晚年生活的难处，对她只有想念，没有抱怨。不管世事如何幻变，我和她是同血缘、亲手足，这种根底是永世不会改变的。

显赫家世下的悲剧童年

以前评介我姐姐的文章，或多或少都会提到她的显赫家世。我们的祖父张佩纶，光绪年间官至都察院侍讲署佐副都史，是"清流党"的要角；我们的祖母李菊耦则是李鸿章的大女儿。母系的黄家——首任长江水师提督黄翼升，以及后母系的孙家——

曾任北洋政府国务总理孙宝琦，也都间接或直接地对我姐姐有所影响。

我们的父亲和母亲，一个是张御史的少爷，一个是黄军门的小姐，结婚时是一对人人称羡的金童玉女。5年之后，1920年9月，母亲生下姐姐，小名小焕；次年12月生下我，小名小魁。

我开始有记忆的时候，我们家已经从上海搬到天津，住在英租界一个宽敞的花园洋房里。那是1924年，姐姐4岁，我3岁。那时我父亲同同父异母的二哥分家不久，名下有不少房屋、地产。我母亲也有一份丰厚的陪嫁，日子过得很宽裕。但不久父亲结识了一班酒肉朋友，开始花天酒地、嫖妓、养姨太太、赌钱、吸大烟，一步步堕落下去。

母亲虽然出身传统世家，思想观念并不保守。尤其受五四运动及自身经验的影响，她对男女不平等及旧社会的腐败习气深恶痛绝。对于父亲的堕落，母亲不但不容忍，还发言干预，这就和父亲有了矛盾。

我姑姑也是新派女性，站在母亲这一边。后来她们发现两个女人的发言对一个男人并不产生效力，就相偕离家出走以示抗议——名义上是出国留学。那时我母亲28岁，已有两个孩子。这样的身分还要出国留学，在当时的社会是个异数。

十多年里，我们家从上海搬到天津，又从天津搬回上海，然后母亲远走英国，又回到上海家中，与父亲离婚后再次出国。但姐姐与我一直生活在一起，直到1938年她逃离这个家。

父母离婚后，父亲为我们找了个后母。

记得后母刚进门那段时间，和我姐姐表面上还保持着礼节性的见面招呼，偶尔也谈谈天气，聊聊日常生活。

那年暑假，姐姐在父亲书房里写作文，写完放在那里，到舅舅家去玩。后母无意中看到这篇作文，题目是《后母的心》，就好奇地看下去。

这篇文章把一个后母的处境和心情刻画得十分深刻、细腻。后母看完很感动，认为姐姐这篇作文简直就是设身处地为她而写的。后来凡有亲友到我家，后母就把《后母的心》这篇文章的大意说个不停，夸姐姐会写文章。

1937年夏，姐姐从圣玛利亚女校毕业。她向父亲提出要到英国留学，结果不但遭到拒绝，还受到后母的冷嘲热讽。父亲那时经济状况还没有转坏，但他和后母吸鸦片的日常开支太多，舍不得拿出一大笔钱来让姐姐出国。姐姐当然很失望，也很不高兴，对父亲及后母的态度就比较冷淡了。

1937年秋，姐姐和后母发生冲突，后母骂了她，还打了她一巴掌。姐姐拿手去挡，后母却说姐姐要打她，上楼去告状。父亲不问青红皂白，跑下来对姐姐一阵拳打脚踢，把姐姐打得倒地不起还不罢手。他打姐姐时嘴里一直说着：

"今天非打死你不可！"

幸亏祖母留下的老佣人何干不顾一切地把他拉开，姐姐才没有真的被他打死。

姐姐当着全家大小受这一顿打，心里的屈辱羞恨无处发泄，立即想要跑出去。但父亲已下令关门，连钥匙也没收了。之后，姐姐就被软禁在楼下一间空房间里。除了照料她生活起居的何干，父亲不许任何人和她见面、交谈；也嘱咐看守大门的两个警卫务必看紧，不许姐姐走出门。

姐姐在那空房里也没闲着，每天清晨起来后，她就在落地长窗外的走廊上做健身操，锻炼身体，偷偷地为她的逃走做准备。后来她得了痢疾，身体虚弱，每天的健身操才停了。

父亲从何干那里知道姐姐患了痢疾，却不给她请医生，也不给她吃药，眼见病一天天严重。何干唯恐发生什么意外，就躲过后母，偷偷告诉父亲。何干是我祖母留下的老女仆，说话比较有分量。父亲也考虑到，如果撒手不管，万一出了事，他就要背上"恶父"害死女儿的坏名声。于是父亲选择了消炎的抗生素针剂，趁后母不注意的时候到楼下去为姐姐注射。这样注射了几次后，姐姐的病情控制住了。加上老保姆何干的细心照料和饮食调养，姐姐终于恢复了健康。

1938年初，姐姐趁两个警卫换班的空档，偷偷从这座她出生的房子逃了出去，再也没有回来。

1944年，姐姐在《天地》月刊第十期发表《私语》，把她被软禁、生病、逃走的经过细说了一遍，但不知是有意还是无意，她漏写了一段，就是父亲帮她打针医治。父亲后来看到这篇文章，除了难堪与矛盾已经无法生气——那时姐姐已是上海最红的作家了。

姐姐不屑为我写稿

1943年秋，上海正值"孤岛时期"，我和几位同学决定合办一个刊物——《飙》。希望在那个苦闷的年代，《飙》能带来一阵暴风雨，洗刷人们的苦闷心灵。记得当时约到稿件的名家有唐弢、董乐山等。但编辑张信锦对我说："你姐姐是现在上海最红的作家，随便她写一篇哪怕只是几百字的短文，也可为刊物增色不少。"我想也有道理，就去找姐姐约稿。

还没走到姐姐的住处，我就想到这样贸然前去似乎不大稳当。姐姐当时可说是红得发紫，向她约稿的著名报纸杂志很多，她成天在家里做一个"写作机器"也应付不了那许多约稿。果不其然，听完我的来意，她一口回绝："你们办的这种不出名的刊物，我不能给你们写稿，败坏自己的名誉。"说完她大概觉得这样对我不像个姐姐，就在桌上找出一张她画的素描说："这张你们可以做插图。"——她那时的文章大多自己画插图。

我从小被姐姐拒绝惯了，知道再说无益，就匆匆告辞。

回来之后，沮丧中，张信锦说："那就请子静先生写一篇关于你姐姐特点的短文，这也很能吸引读者。"

我担心姐姐看了会不高兴，而在报上写出声明或否认的文章，但张信锦说："不会吧？一来你是她弟弟，她怎么能否认？二来稿子的内容一定无损于她的声名形象，只有增加她的光彩，凸显她不同于凡人的性格，我保证不会出什么问题的。"

张信锦的分析鼓舞了我的勇气。于是我凭着自小对她的观察，写了《我的姐姐张爱玲》：

她的脾气就是喜欢特别：随便什么事情总爱跟别人两样。就拿衣裳来说吧，她顶喜欢穿古怪样子的。记得三年前我从香港回来，我去看她，她穿着一件矮领子的布旗袍，大红颜色的底子，上面印着一朵一朵蓝的大花，两边都没有纽扣，是跟外国衣裳一样钻进去穿的。领子真矮，可以说没有，在领子下面打着一个结子，袖子短到肩膀，长度只到膝盖。我从没有看见过这样的旗袍，少不得要问问她这是不是最新式的样子，她淡漠地笑道："你真是少见多怪，在香港这种衣裳太普通了，我正嫌这样不够特别呢！"吓得我不敢再往下问了。我还听别人说，有一次她的一个朋友的哥哥结婚，她穿了一套前清老样子绣花的袄裤去道喜，满座的宾客为之惊奇不止。上海人真不行，全跟我一样少见多怪。

还有一回我们许多人到杭州去玩，刚到的第二天，她看报上登着上海电影院的广告——谈瑛做的《风》，就非要当天回上海看不可，大伙怎样挽留也没用。结果只好由我陪她回来，一下火车就到电影院，连赶了两场。回来我的头痛得要命，而她却说："幸亏今天赶回来看，要不然我心里不知道多么难过呢！"

她不大认识路，在从前她每次出门总是坐汽车时多，她告诉车夫到哪里去，车夫把车开到目的地，她下车去，根本不去注意路牌子。有一次她让我到工部局图书馆去借书，我问她怎么走法，在什么路上，她说路名我不知道，你不要觉得奇怪，我们国学大师章太炎先生也是不认识路的。大概有天才的人，总跟别人两样点吧。

她能画很好的铅笔画，也能弹弹钢琴，可她对这两样并不十分感兴趣。她还是比较喜欢看小说。《红楼梦》跟英国小说家毛姆（代表作《人性枷锁》等）写的东西她顶爱看。……还有老舍的《二马》《离婚》《牛天赐传》，穆时英的《南北极》，曹禺的《日出》《雷雨》，也都是她喜欢看的。她现在写的小说，一般人说受《红楼梦》跟毛姆影响很多，但我认为上述其他各家给她的影响也多少有点。

她的英文比中文好，我姑姑有一回跟我说："你姐姐真有本事，随便什么英文书，她都能拿起来就看，即使是一本物理或化学。"她是看里面的英文写法。至于内容，她不去注意，这也是她英文进步的一个大原因。她的英文写得流利，自然，生动，活泼，即使我再学十年，也未必能赶得上她一半。

她曾经跟我说："一个人假使没有什么特长，最好是做得特别，可以引人注意。我认为与其做一个平庸的人过一辈子清闲生活，终其身，默默无闻，不如做一个特别的人，做点特别的事，大家都晓得有这么一个人；不管他人是好是坏，但名气总归有了。"这也许就是她做人的哲学。

这篇短文于1944年10月在《飙》创刊号发表后，果然吸引了不少读者。姐姐给我的那张素描《无国籍的女人》也配在我那篇文章的版面上。这是我们姐弟此生唯一的图、文合作。杂志出版后，我拿了一本给姐姐，她看了我的"处女作"，并没有表示不悦，我才放了心。

为爱情"萎谢"

姐姐在才情上遗传了我父亲的文学素养与我母亲的艺术造诣。但在相貌上她长得较像父亲：眼睛细小，长身玉立。我则较像母亲：浓眉大眼，身材中等。不过在性格上又反过来：我遗传了父亲的与世无争，近于懦弱，姐姐则遗传了母亲湖南女子的刚烈，十分强悍，她"要的东西定规要，不要的定规不要"。这样的性格，加上我们在成长岁月里受到种种挫击，使她的心灵很早就建立了一个自我封闭的世界：自卫，自私，自我耽溺。

姐姐与胡兰成相识，是在1943年12月。胡兰成在苏青主编的11月号《天地月刊》上读到姐姐的《封锁》，"才看得一二节，不觉身体坐直起来，细细地把它读完一遍又读一遍"。他从苏青那里取得姐姐在"静安寺路赫德路口192号公寓6楼65室"的地址，就去登门求见。当天未蒙姐姐接见，但留下名片。第二天姐姐即打电话给他，此后二人就开始了往来。到了1944年8月，胡兰成与前妻离婚后，他们就秘密结婚了。

胡兰成写《评张爱玲》并发表的那段时间，正是姐姐与他的热恋期，只是当时我未能从那些溢美之词中读出弦外之音。胡兰成在文章中说："张爱玲先生的散文与小说，如果拿颜色来比方，其明亮的一面是银紫色的，其阴暗的一面是月下的青灰色……和她相处，总觉得她是贵族。其实她是清苦到自己上街买小菜。然而站在她跟前，就是豪华的人也会感受威胁，看出自己的寒伧，不过是暴发户。"

胡兰成当时官拜汪伪维新政府宣传部政务次长。他能言善道，笔底生花，姐姐与他认识后一往情深，不能自拔，也不忌讳他的"汉奸"身分。姐姐聪明一世，爱情上却沉迷一时。这段婚姻没给她安稳、幸福，反倒是一连串深深的伤害。胡兰成说她"不会跌倒"，她却为胡兰成跌倒了。

姐姐最后不得不无奈地说："我想过，我倘使不得不离开你，亦不致寻短见，亦不能再爱别人，我将只是萎谢了。"

不辞，而永别

1951年，有一次我去看姐姐，问她对未来有什么打算。我们虽然不谈政治，但对政治大环境的改变不可能无知。新中国成立之后种种的变化都更激剧，也许她已经预见"更大的破坏要来"了。但她默然良久，不作回答。

1952年，我调到浦东乡下教书。那时大家都忙着政治学习，我也较少回上海市区，和姐姐见面的机会就少了。8月间，我好不容易回了一次市区，急急忙忙到她住的公寓找她。姑姑开了门，一见是我就说："你姐姐已经走了（去了香港）。"说完就关上了门。

我走下楼，忍不住哭了起来。街上来来往往都是穿人民装的人。我记起有一次她说这衣服太呆板，她是绝不穿的。或许因为这样，她走了，走到一个她追寻的远方，此生再没回来。

怀李叔同先生

丰子恺

……宽广得可以走马的前额，细长的凤眼，隆正的鼻梁，形成威严的表情。

距今二十九年前，我十七岁
的时候，最初在杭州的浙江省立
第一师范学校里见到李叔同先生，
即后来的弘一法师。那时我是预
科生；他是我们的音乐教师。我
们上他的音乐课时，有一种特殊
的感觉：严肃。

摇过预备铃，我们走向音乐
教室，推进门去，先吃一惊：李
先生早已端坐在讲台上；以为先
生总要迟到而嘴里随便唱着、喊

着、或笑着、骂着而推进门去的同学，吃惊更是不小。他们的唱声、喊声、笑声、骂声以门槛为界限而忽然消灭。接着是低着头，红着脸，去端坐在自己的位子里。端坐在自己的位子里偷偷地仰起头来看看，看见李先生的高高的瘦削的上半身穿着整洁的黑布马褂，露出在讲桌上，宽广得可以走马的前额，细长的凤眼，隆正的鼻梁，形成威严的表情。扁平而阔的嘴唇两端常有深涡，显示和爱的表情。这副相貌，用"温而厉"三个字来描写，大概差不多了。讲桌上放着点名簿、讲义，以及他的教课笔记簿、粉笔。钢琴衣解开着，琴盖开着，谱表摆着，琴头上又放着一只时表，闪闪的金光直射到我们的眼中。黑板（是上下两块可以推动的）上早已清楚地写好本课内所应写的东西（两块都写好，上块盖着下块，用下块时把上块推开）。在这样布置的讲台上，李先生端坐着。坐到上课铃响出（后来我们知道他这脾气，上音乐课必早到。故上课铃响时，同学早已到齐），他站起身来，深深地一鞠躬，课就开始了。这样地上课，空气严肃得很。

有一个人上音乐课时不唱歌而看别的书，有一个人上音乐时吐痰在地板上，以为李先生不看见的，其实他都知道。但他不立刻责备，等到下课后，他用很轻而严肃的声音郑重地说："某某等一等出去。"于是这位某某同学只得站着。等到别的同学都出去了，他又用轻而严肃的声音向这某某同学和气地说："下次上课时不要看别的书。"或者："下次痰不要吐在地板上。"说过之后他微微一鞠躬，表示"你出去罢"。出去的人大都脸上发红。

又有一次下音乐课，最后出去的人无心把门一拉，碰得太重，发出很大的声音。他走了数十步之后，李先生走出门来，满面和气地叫他转来。等他到了，李先生又叫他进教室来。进了教室，李先生用很轻而严肃的声音向他和气地说："下次走出教室，轻轻地关门。"就对他一鞠躬，送他出门，自己轻轻地把门关了。

最不易忘却的，是有一次上弹琴课的时候。我们是师范生，每人都要学弹琴，全校有五六十架风琴及两架钢琴。风琴每室两架，给学生练习用；钢琴一架放在唱歌教室里，一架放在弹琴教室里。上弹琴课时，十数人为一组，环立在琴旁，看李先生范奏。有一次正在范奏的时候，有一个同学放一个屁，没有声音，却是很臭。钢琴及李先生十数同学全部沉浸在亚莫尼亚气体中。同学大都掩鼻或发出讨厌的声音。李先生眉头一皱，管自弹琴（我想他一定屏息着）。弹到后来，亚莫尼亚气散光了，他的眉头方才舒展。教完以后，下课铃响了。李先生立起来一鞠躬，表示散课。散课以后，同学还未出门，李先生又郑重地宣告："大家等一等去，还有一句话。"大家又肃立了。李先生又用很轻而严肃的声音和气地说："以后放屁，到门外去，不要放在室内。"接着又一鞠躬，表示叫我们出去。同学都忍着笑，一出门来，大家快跑，跑到远处去大笑一顿。

李先生用这样的态度来教我们音乐，因此我们上音乐课时，觉得比上其他一切课更严肃。同时对于音乐教师李叔同先生，比对其他教师更敬仰。那时的学校，首重的是所谓"英、国、算"，即英文、国文和算学。在别的学校里，这三门功课的教师最有权威，而在我们这师范学校里，音乐教师最有权威，因为他是李叔同先生的原故。

李叔同先生为什么能有这种权威呢？不仅为了他学问好，不仅为了他音乐好，主要的还是为了他态度认真。李先生一生的最大特点是"认真"。他对于一件事，不做则已，要做就非做得彻底不可。

他出身于富裕之家，他的父亲是天津有名的银行家。他是第五位姨太太所生。他父亲生他时，年已七十二岁。他堕地后就遭父丧，又逢家庭之变，青年时就陪了他的生母南迁上海。在上海南洋公学读书奉母时，他是一个翩翩公子。当时上海文坛有著名的沪学会，李先生应沪学会征文，名字屡列第一。从此他就为沪上名人所器重，而交游日广，终以"才子"驰名于当时的上海。所以后来他母亲死了，他赴日本留学的时候，作一首"金缕曲"，词曰："披发佯狂走。莽中原暮鸦啼彻几株衰柳。破碎河山谁收拾，零落西风依旧。便惹得离人消瘦。行矣临流重太息，说相思刻骨双红豆。愁黯黯，浓于酒。　漾情不断淞波溜。恨年年絮飘萍泊，遮难回首。二十文章惊海内，毕竟空谈何有！听匣底苍龙狂吼。长夜西风眠不得，度群生那惜心肝剖。是祖国，忍孤负？"读这首词，可想见他当时豪气满胸，爱国热情炽盛。他出家时把过去的照片统统送我，我曾在照片中看见过当时在上海的他：丝绒碗帽，正中缀一方白玉，曲襟背心，花缎袍子，后面挂着胖辫子，底下缀带扎脚管，双梁厚底鞋子，头抬得很高，英俊之气，流露于眉目间。真是当时上海一等的翩翩公子。这是最初表示他的特性：凡事认真。他立意要做翩翩公子，就彻底地做一个翩翩公子。

后来他到日本，看见明治维新的文化，就渴慕西洋文明。他立刻放弃了翩翩公子的态度，改做一个留学生。他入东京美术学校，同时又入音乐学校。这些学校都是模仿西洋的，所教的都是西洋画和西洋音乐。李先生在南洋公学时英文学得很好；到了日本，就买了许多西洋文学书。他出家时曾送我一部残缺的原本《莎士比亚全集》，他对我说："这书我从前细读过，有许多笔记在上面，虽然不全，也是纪念物。"由此可想见他在日本时，对于西洋艺术全面进攻，绘画、音乐、文学、戏剧都研究。后来他在日本创办春柳剧社，纠集留学同志，并演当时西洋著名的悲剧《茶花女》(小仲马著)。他自己把腰束小，扮作茶花女，粉墨登场。这照片，他出家时也送给我，一向归我保藏；直到抗战时为兵火所毁。现在我还记得这照片：卷发，白的上衣；白的长裙拖着地面，腰身小到一把，两手举起托着头身，头向右歪侧，眉峰紧蹙，眼波斜睇，正是茶花女自伤命薄的神情。另外还有许多演剧的照片，不可胜记。这春柳剧社后来迁回中国，李先生就脱身而出，由另一班人去办，便是中国最初的"话剧"社。由此可以想见，李先生在日本时，是彻头彻尾的一个留学生。我见过他当时的照片：高帽子、硬领、硬袖、燕尾服、史的克、尖头皮鞋，加之长身、高鼻，没有脚的眼镜夹在鼻梁上，竟活像一个西洋人。这是第二次表示他的特性：凡事认真。学一样，像一样。要做留学生，就彻底地做一个留学生。

他回国后，在上海太平洋报社当编辑。不久，就被南京高等师范请去教图画、音乐。后来又应杭州师范之聘，同时兼任两个学校的课，每月中半个月住南京，半个月住杭州。两校都请助教，他不在时由助教代课。我就是杭州师范的学生。这时候，李先生已由留学生变为"教师"。这一变，变得真彻底：漂亮的洋装不穿了，却换上灰色粗布袍子、黑布马褂、布底鞋子。金丝边眼镜也换了黑的钢丝边眼镜。他是一个修养很深的美术家，所以对于仪表很讲究。虽然布衣，却很称身，常常整洁。他穿布衣，全无穷相，而另具一种朴素的美。你可想见，他是扮过茶花女的，身材生得非常窈窕。穿了布衣，仍是一个美男子。"淡妆浓抹总相宜"，这诗句原是描写西子的，但拿来形容我们的李先生的仪表，也很适用。今人侈谈"生活艺术化"，大都好奇立异，非艺术的。李先生的服装，才真可称为生活的艺术化。他一时代的服装，表出着一时代的思想与生活。各时代的思想与生活判然不同，各时代的服装也判然不同。布衣布鞋的李先生，与洋装时代的李先生、曲襟背心时代的李先生，判若三人。这是第三次表示他的特性：认真。

我二年级时，图画归李先生教。他教我们木炭石膏模型写生。同学一向描惯临画，起初无从着手。四十余人中，竟没有一个人描得像样的。后来他范画给我们看。画毕把范画挂在黑板上。同学们大都看着黑板临摹。只有我和少数同学，依他的方法从石膏模型写生。我对于写生，从这时候开始发生兴味。我到此时，恍然大悟：那些粉本原是别人看了实物而写生出来的。我们也应该直接从实物写生入手，何必临摹他人，依样画葫芦呢？于是我的画进步起来。此后李先生与我接近的机会更多。因为我常去请他教画，又教日本文。以后的李先生的生活，我所知道的较为详细。他本来常读性理的书，后来忽然信了道教，案头常常放着道藏。那时我还是一个毛头青年，谈不到宗教。李先生除绘事外，并不对我谈道。但我发现他的生活日渐收敛起来，仿佛一个人就要动身赴远方时的模样。他常把自己不用的东西送给我。他的朋友日本画家大野隆德、河合新藏、三宅克己等到西湖来写生时，他带了我去请他们吃一次饭；以后就把这些日本人交给我，叫我引导他们（我当时已能讲普通应酬的日本话）。他自己就关起房门来研究道学。有一天，他决定入大慈山去断食，我有课事，不能陪去，由校工闻玉陪去。数日之后，我去望他。见他躺在床上，面容消瘦，但精神很好，对我讲话，同平时差不多。他断食共十七日，由闻玉扶起，摄一个影，影片上端由闻玉题字："李息翁先生断食后之像，侍子闻玉题。"这照片后来制成明信片分送朋友。像的下面用铅字排印着："某年月日，入大慈山断食十七日，身心灵化，欢乐康强——欣欣道人记。"李先生这时候已由"教师"一变而为"道人"了。

学道就断食十七日，也是他凡事"认真"的表示。

但他学道的时候很短。断食以后，不久他就学佛。他自己对我说，他的学佛是受马一浮先生指示的。出家前数日，他同我到西湖玉泉去看一位程中和先生。这程先生原来是当军人的，现在退伍，住在玉泉，正想出家为僧。李先生同他谈得很久。此后不久，我陪大野隆德到玉泉去投宿，看见一个和尚坐着，正是这位程先生。我想称他"程先生"，觉得不合。想称他法师，又不知道他的法名（后来知道是弘伞）。一时周章得很。我回去对李先生讲了，李先生告诉我，他不久也要出家为僧，就做弘伞的师弟。我愕然不知所对。过了几天，他果然辞职，要去出家。出家的前晚，他叫我和同学叶天瑞、李增庸三人到他的房间里，把房间里所有的东西送给我们三人。第二天，我们三人送他到虎跑。我们回来分得了他的"遗产"，再去望他时，他已光着头皮，穿着僧衣，俨然一位清癯的法师了。我从此改口，称他为"法师"。法师的僧腊二十四年。这二十四年中，我颠沛流离，他一贯到底，而且修行功夫愈进愈深。当初修净土宗，后来又修律宗。律宗是讲究戒律的。一举一动，都有规律，严肃认真之极。这是佛门中最难修的一宗。数百年来，传统断绝，直到弘一法师方才复兴，所以佛门中称他为"重兴南山律宗第十一代祖师"。他的生活非常认真。举一例说：有一次我寄一卷宣纸去，请弘一法师写佛号。宣纸多了些，他就来信问我，余多的宣纸如何处置？

又有一次，我寄回件邮票去；多了几分。他把多的几分寄还我。以后我寄纸或邮票，就预先声明：余多的送与法师。有一次他到我家。我请他藤椅子里坐。他把藤椅子轻轻摇动，然后慢慢地坐下去。起先我不敢问。后来看他每次都如此，我就启问。法师回答我说："这椅子里头，两根藤之间，也许有小虫伏着。突然坐下去，要把它们压死，所以先摇动一下，慢慢地坐下去，好让它们走避。"读者听到这话，也许要笑。但这正是做人极度认真的表示。

如上所述，弘一法师由翩翩公子一变而为留学生，又变而为教师，三变而为道人，四变而为和尚。每做一种人，都做得十分像样。好比全能的优伶：起青衣像个青衣，起老生像个老生，起大面又像个大面……都是"认真"的原故。

现在弘一法师在福建泉州圆寂了。噩耗传到贵州遵义的时候，我正在束装，将迁居重庆。我发愿到重庆后替法师画像一百帧，分送各地信善，刻石供养。现在画像已经如愿了。我和李先生在世间的师弟尘缘已经结束，然而他的遗训——认真——永远铭刻在我心头。

huái niàn xiāo shān
怀念萧珊

/

巴金

　　我能够为我最亲爱的人做事情，哪怕做一件

小事，我也高兴！

一

今天是萧珊逝世的六周年纪念日。六年前的光景还非常鲜明地出现在我的眼前。那天我从火葬场回到家中，一切都是乱糟糟的，过了两三天我渐渐地安静下来了，一个人坐在书桌前，想写一篇纪念她的文章。在五十年前我就有了这样一种习惯：有感情无处倾吐时，我经常求助于纸笔。

可是一九七二年八月里那几天，我每天坐三四个小时望着面前摊开的稿纸，却写不出一句话。我痛苦地想，难道给关了几年的"牛棚"，真的就变成"牛"了？头上仿佛压了一块大石头，思想好像冻结了一样。我索性放下笔，什么也不写了。

六年过去了，林彪、"四人帮"及其爪牙们的确把我搞得很"狼狈"，但我还是活下来了，而且偏偏活得比较健康，脑子也并不糊涂，有时还可以写一两篇文章。最近我经常去龙华火葬场，参加老朋友们的骨灰安放仪式。在大厅里我想起许多事情。同样地奏着哀乐，我的思想却从挤满了人的大厅转到只有二三十个人的中厅里去了，我们正在用哭声向萧珊的遗体告别。我记起了《家》里面觉新说过的一句话："好像珏死了，也是一个不祥的鬼。"四十七年前我写这句话的时候，怎么想得到我是在写自己！我没有流眼泪，可是我觉得有无数锋利的指甲在搔我的心。我站在死者遗体旁边，望着那张惨白色的脸，那两片咽下了千言万语的嘴唇，我咬紧牙齿，在心里唤着死者的名字。我想，我比她大十三岁，为什么不让我先死？我想，这是多么不公平！她究竟犯了什么罪？她也给关进"牛棚"，挂上"牛鬼"的小牌子，还扫过马路。究竟为什么？理由很简单，她是我的妻子。她患了病，得不到治疗，也因为她是我的妻子。想尽办法一直到逝世前三个星期，靠开后门她才住进了医院。但是癌细胞已经扩散，肠癌变成了肝癌。

她不想死，她要活，她愿意改造思想，她愿意看到社会主义建成。这个愿望总不能说是痴心妄想吧。她本来可以活下去，倘

38

使她不是"黑老K"的"臭婆娘"。一句话，是我连累了她，是我害了她。

在我靠边的几年中间，我所受到的精神折磨，她也同样受到。但是我并未挨过打，她却挨了"北京来的红卫兵"的铜头皮带，留在她左眼上的黑圈好几天以后才退尽。她挨打只是为了保护我，她看见那些年轻人深夜闯了进来，害怕他们把我揪走，便溜出大门，到对面派出所去，请民警同志出来干预，那里只有一人值班，不敢管。当着民警的面她被他们用铜头皮带狠狠地抽了一下，给押了回来，同我一起关在马桶间里。

她不仅分担了我的痛苦，还给了我不少的安慰和鼓励。在"四害"横行的时候，我在原单位给人当作"罪人"和"贱民"看待，日子十分难过，有时到晚上九十点钟才能回家。我进了门看到她的面容，满脑子的乌云都消散了。我有什么委屈、牢骚都可以向她尽情倾吐。有一个时期我和她每晚临睡前服两粒眠尔通才能够闭眼，可是天刚刚发白就都醒了。我唤她，她也唤我。我诉苦般地说："日子难过啊！"她也用同样声音回答："日子难过啊！"但是她马上加一句："要坚持下去。"或者再加一句："坚持就是胜利。"我说"日子难过"，因为在那一段时间里我每天在"牛棚"里面劳动、学习、写交代、写检查、写思想汇报。任何人都可以责骂我、教训我、指挥我，从外地到作协来串连的人可以随意点名叫我出去"示众"，还要自报罪行。上下班不限时间，由管"牛棚"的"监督组"随意决定。任何人都可以闯进我家里来，高兴拿什么就拿走什么。这个时候大规模的群众性批斗和电视批斗大会还没有开始，但已经越来越逼近了。

她说"日子难过"，因为她给两次揪到机关，靠边劳动，后来也常常参加陪斗。在淮海中路大批判专栏上张贴着批判我的罪行的大字报，我一家人的名字都给写出来"示众"，不用说"臭婆娘"的大名占着显著的地位。这些文字像虫子一样咬痛她的心。她让上海戏剧学院"狂妄派"学生突然袭击、揪到作协去的时候，在我家大门上还贴了一张揭露她的所谓罪行的大字报。幸好当天夜里我儿子把它撕毁，否则这一张大字报就会要了她的命！

人们的白眼、人们的冷嘲热骂蚕食着她的身心，我看出来她的健康逐渐遭到损害，表面上的平静是虚假的，内心的痛苦像一锅煮沸的水，她怎么能遮盖住！怎么能使它平静！她不断地给我安慰，对我表示信任，替我感到不平。然而她看到我的问题一天天地变得严重，上面对我的压力一天天地增加，她又非常担心，有时同我一起上班或者下班，走近巨鹿路口，快到作家协会，或者走到湖南路口，快到我们家，她总是抬不起头。我理解她，同情她，也非常担心她经受不起沉重的打击。我还记得有一天到了平常下班的时间，我们没有受到留难，回到家里，她比较高兴，到厨房去烧菜。我翻看当天的报纸，在第三版上看到当时做了作协的"头头"的两个工人作家写的文章《彻底揭露巴金的反革命真面目》。真是当头一棒！我看了两三行，连忙把报纸藏起来，我害怕让她看见。她端着烧好的菜出来，脸上还带笑容，吃饭时她有说有笑。饭后她要看报，我企图把她的注意力引到别处。但是没有用，她找到了报纸。她的笑容一下子完全消失。这一夜她再没有讲话，早早地进了房间。我后来发现她躺在床上小声哭着。一个安静的夜晚给破坏了。今天回想当时的情景，她那张满是泪痕的脸还历历在我眼前。我多么愿意让她的泪痕消失，笑容在她那憔悴的脸上重现，即使减少我几年的生命来换取我们家庭生活中一个宁静的夜晚，我也心甘情愿！

二

　　我听周信芳同志的媳妇说，周的夫人在逝世前经常被打手们拉出去当作皮球推来推去，打得遍体鳞伤，有人劝她躲开，她说："我躲开，他们就要这样对付周先生了。"萧珊并未受到这种新式体罚。可是她在精神上给别人当皮球打来打去。她也有这样的想法：她多受一点精神折磨，可以减轻对我的压力。其实这是她的一片痴心，结果只苦了她自己。我看见她一天天地憔悴下去，我看见她的生命之火逐渐熄灭，我多么痛心。我劝她，安慰她，我想把她拉住，一点也没有用。

　　她常常问我："你的问题什么时候才解决呢？"我苦笑地说："总有一天会解决的。"她叹口气说："我恐怕等不到那个时候了。"后来她病倒了，有人劝她打电话找我回家，她不知从哪里得来的消息，她说："他在写检查，不要打岔他，他的问题大概可以解决了。"等到我从五七干校回家休假，她已经不能起床。她还问我检查写得怎样，问题是否可以解决。我当时的确在写检查，而且已经写了好多次了。他们要我写，只是为了消耗我的生命。但她怎么能理解呢？

这时离她逝世不过两个多月，癌细胞已经扩散。可是我们不知道，想找医生给她认真检查一次，也毫无办法。平日去医院挂号看门诊，等了许久才见到医生或者实习医生，随便给开个药方就算解决问题。只有在发烧到摄氏三十九度才有资格挂急诊号，或者还可以在病人拥挤的观察室里待上一天半天。

当时去医院看病找交通工具也很困难，常常是我女婿借了自行车来，让她坐在车上，他慢慢地推着走。有一次她雇到小三轮车去看病，看好门诊回家雇不到车了，只好同陪她看病的朋友一起慢慢地走回来，走走停停，走到街口，她快要倒下了，只得请求行人到我们家通知。她一个表侄正好来探病，就由他去背了她回家。她希望拍一张 X 光片子查一查肠子有什么病，但是办不到。后来靠了她一位亲戚帮忙，开后门两次拍片，才查出她患肠癌。以后又靠朋友设法开后门住进了医院。她自己还很高兴，以为得救了。只有她一个人不知真实的病情。她在医院里只活了三个星期。

我休假回家假期满了，我又请过两次假，留在家里照料病人。最多也不到一个月。我看见她病情日趋严重，实在不愿意把她丢开不管，我要求延长假期的时候，我们那个单位的一个"工宣队"头头逼着我第二天就回干校去。我回到家里，她问起来，我无法隐瞒。她叹了口气，说："你放心去吧。"她把脸掉过去，不让我看见她。我女儿、女婿看到这种情景，自告奋勇地跑到巨鹿路去向那位"工宣队"头头解释，希望他同意我在市区多留些日子照料病人。可是那个头头"执法如山"，还说："他不是医生，留在家里有什么用处！留在家里对他改造不利。"他们气愤地回到家中，只说机关不同意，后来才对我传达这句"名言"，我还能讲什么呢？明天回干校去！

整个晚上她睡不好，我更睡不好。出乎意外，第二天一早我那个插队落户的儿子在我们房间里出现了，他是昨天半夜里到的。他得到了家信，请假回家看母亲，却没有想到母亲病成这样。我见了他一面，把他母亲交给他，就回干校去了。

在车上我的情绪很不好。我实在想不通为什么会有这样的事情。我在干校待了五天，无法同家里通消息。我已经猜到她的病不轻了。可是人们不让我过问她的事。这五天是多么难熬的日子！到第五天晚上在干校的造反派头头通知我们全体第二天一早回市区开会。这样我才又回到了家，见到了我的爱人。靠了朋友帮忙，她可以住进中山医院肝癌病房，一切都准备好，她第二天就要住了。她多么希望住院前见我一面，我终于回来了。连我也没有想到她的病情发展得这么快。我们见了面，我一句话也讲不出来，她说了一句："我到底住院了。"我答说："你安心治疗吧。"她父亲也来看她，老人家双目失明，去医院探病有困难，可能是来同他的女儿告别了。

我吃过中饭，就去参加给别人戴上反革命帽子的大会，受批判、戴帽子的人不止一个，其中有一个我的熟人王若望同志，他过去也是作家，不过比我年轻。我们一起在"牛棚"里关过一个时期，他的罪名是"摘帽右派"。他不服，不肯听话，他贴出大字报，声明"自己解放自己"，因此罪名越搞越大，给捉去关了一个时期还不算，还戴上了反革命的帽子监督劳动。

在会场里我一直像在做怪梦。开完会回家，见到萧珊我感到格外亲切，仿佛重回人间。可是她不舒服，不想讲话，偶尔讲一句半句，我还记得她讲了两次："我看不到了。"我连声问她看不到什么？她后来才说："看不到你解放了。"我还能再讲什么呢？

我儿子在旁边，垂头丧气，精神不好，晚饭只吃了半碗，像是患感冒。她忽然指着他小声说："他怎么办呢？"他当时在安徽山区农村插队落户已经待了三年半，政治上没有人管，生活上不能养活自己，而且因为是我的儿子，给剥夺了好些公民权利。他先学会沉默，后来又学会抽烟。我怀着内疚的心情看看他，我后悔当初不该写小说，更不该生儿育女。我还记得前两年在痛苦难熬的时候她对我说："孩子们说爸爸做了坏事，害了我们大家。"这好像用刀子在割我身上的肉，我没有出声，我把泪水全吞在肚里。她睡了一觉醒过来，忽然问我："你明天不去了？"我说："不去了。"就是那个"工宣队"头头在今天通知我不用再去干校，就留在市区。他还问我："你知道萧珊是什么病吗？"我答说："知道。"其实家里瞒住我，不给我知道真相，我还是从他这句问话里猜到的。

三

第二天早晨她动身去医院，一个朋友和我女儿、女婿陪她去。她穿好衣服等候车来。她显得急躁又有些留恋，东张张、西望望，她也许在想是不是能再看到这里的一切。我送走她，心上反而加了一块大石头。

将近二十天里，我每天去医院陪她大半天。我照料她，我坐在病床前守着她，同她短短地谈几句话。她的病情恶化，一天天衰弱下去，肚子却一天天大起来，行动越来越不方便。

当时病房里没有人照料，生活方面除饮食外一切都必须自理。

后来听同病房的人称赞她"坚强"，说她每天早晚都默默地挣扎着下了床，走到厕所。医生对我们谈起，病人的身体受不住手术，最怕她的肠子堵塞，要是不堵塞，还可以拖延一个时期。她住院后的半个月是一九六六年八月以来我既感痛苦又感到幸福的一段时间，是我和她在一起度过的最后的平静的时刻，我今天还不能将它忘记。但是半个月以后，她的病情又有了发展，一天吃中饭的时候，医生通知我儿子找我去谈话。他告诉我：病人的肠子给堵住了，必须开刀。开刀不一定有把握，也许中途出毛病，但是不开刀，后果更不堪设想。他要我决定，并且要我劝她同意。我做了决定，就去病房对她解释。我讲完话，她只说了一句："看来，我们要分别了。"她望着我，眼睛里全是泪水。我说："不会的……"我的声音哑了。接着护士长来安慰她，对她说："我陪你，不要紧的。"她回答："你陪我就好。"时间很紧迫。医生、护士们很快作好了准备，她给送进手术室去了，是她的表侄把她推到手术室门口的。我们就在外面廊上等了好几个小时，等到她平安地给送出来，由儿子把她推回到病房去。儿子还在她的身边守过一个夜晚。过两天他也病倒了，查出来他患肝炎，是从安徽农村带回来的。本来我们想瞒住他的母亲，可是无意间让他母亲知道了。她不断地问："儿子怎么样？"我自己也不知道儿子怎么样，我怎么能使她放心呢？晚上回到家，走进空空的、静静的房间，我几乎要叫出声来："一切都朝我的头打下来吧，让所有的灾祸都来呢。我受得住！"

我应当感谢那位热心而又善良的护士长，她同情我的处境，要我把儿子的事情完全交给她办。她作好安排，陪他看病、检查，让他很快住进别处的隔离病房，得到及时的治疗和护理。他在隔离病房里苦苦地等候母亲病情的好转。母亲躺在病床上，只能有气无力地说几句短短的话，她经常问："棠棠怎么样？"从她那双含泪的眼睛里我明白她多么想看见她最爱的儿子。但是她已经没有精力多想了。

她每天得输血、打盐水针。她看见我去，就断断续续地问我："输多少 CC 的血？该怎么办？"我安慰她："你只管放心，没有问题，治病要紧。"她不止一次地说："你辛苦了。"我有什么苦呢？我能够为我最亲爱的人做事情，哪怕做一件小事，我也高兴！后来她的身体更不行了。医生给她输氧气，鼻子里整天插着管子。她几次要求拿开，这说明她感到难受。但是听了我们的劝告，她终于忍受下去了。开刀以后她只活了五天，谁也想不到她会去得这么快！五天中间我整天守在病床前，默默地望着她在受苦（我是设身处地感觉到这样的），可是她除了两三次要求搬开床前巨大的氧气筒，三四次表示担心输血较多付不出医药费之外，并没有抱怨过什么。见到熟人她常有这样一种表情：请原谅我麻烦了你们。她非常安静，但并未昏睡，始终睁大两只眼睛。眼睛很大，很美，很亮，我望着，望着，好像在望快要燃尽的烛火。我多么想让这对眼睛永远亮下去！我多么害怕她离开我！我甚至愿意为我那十四卷"邪书"受到千刀万剐，只求她能安静地活下去。

不久前我重读梅林写的《马克思传》，书中引用了马克思给女儿的信里的一段话，讲到马克思夫人的死。信上说："她很快就咽了气。……这个病具有一种逐渐虚脱的性质，就像由于衰老所致一样，甚至在最后几小时也没有临终的挣扎，而是慢慢地沉入睡乡。她的眼睛比任何时候都更大、更美、更亮！"这段话我记得很清楚。马克思夫人也死于癌症。我默默地望着萧珊那对很大、很美、很亮的眼睛，我想起这段话，稍微得到一点安慰。听说她的确也"没有临终的挣扎"，她也是"慢慢地沉入睡乡"。我这样说，因为她离开这个世界的时候，我不在她的身边。那天是星期天，卫生防疫站因为我们家发现了肝炎病人，派人上午来做消毒工作。她的表妹有空愿意到医院去照料她，讲好我们吃过中饭就去接替。没有想到我们刚刚端起饭碗，就得到传呼电话，通知我女儿去医院，说是她妈妈"不行"了。真是晴天霹雳！我和我女儿、女婿赶到医院。她那张病床上连床垫也给拿走了。别人告诉我她在太平间。我们又下了楼赶到那里，在门口遇见表妹，还是她找人帮忙把"咽了气"的病人抬进来的。死者还不曾给放进铁匣子里送进冷库，她躺在担架上，但已经给白布床单包得紧紧的，看不到面容了。我只看到她的名字。我弯下身子，把地上那个还有点人形的白布包拍了好几下，一面哭着唤她的名字。不过几分钟的时间。这算是什么告别呢？

据表妹说，她逝世的时刻，表妹也不知道。她曾经对表妹说："找医生来。"医生来过，并没有什么。后来她就渐渐"沉入睡乡"。表妹还以为她在睡眠。一个护士来打针，才发觉她的心脏已经停止跳动了。我没有能同她诀别，我有许多话没有能向她倾吐，她不能没有留下一句遗言就离开我！我后来常常想，她对表妹说"找医生来"，很可能不是"找医生"，是"找李先生"（她平日这样称呼我）。为什么那天上午偏偏我不在病房呢？家里人都不在她身边，她死得这样凄凉！

我女婿马上打电话给我们仅有的几个亲戚。她的弟媳赶到医院，马上晕了过去。三天以后在龙华火葬场举行告别仪式。她的朋友一个也没有来，因为一则我们没有通知，二则我是一个审查了将近七年的对象。没有悼词，没有吊客，只有一片伤心的哭声。我衷心感谢前来参加仪式的少数亲友和特地来帮忙的我女儿的两三个同学。最后，我跟她的遗体告别，女儿望着遗容哀哭，儿子在隔离病房，还不知道把他当作命根子的妈妈已经死亡。值得提说的是她当作自己儿子照顾了好些年的一位亡友的男孩从北京赶来，只为了看见她的最后一面。这个整天同钢铁打交道的技术员和干部，他的心倒不像钢铁那样。他得到电报以后，他爱人对他说："你去吧，你不去一趟，你的心永远安定不了。"我在变了形的她的遗体旁边站了一会。别人给我和她照了像。我痛苦地想：这是最后一次了，即使给我们留下来很难看的形象，我也要珍视这个镜头。

一切都结束了。过了几天我和女儿、女婿再去火葬场，领到了她的骨灰盒。在存放室里寄存了三年之后，我按期把骨灰盒接回家里。有人劝我把她的骨灰安葬，我宁愿让骨灰盒放在我的寝室里，我感到她仍然和我在一起。

四

梦魇一般的日子终于过去了。六年仿佛一瞬间似的远远地落在后面了。其实哪里是一瞬间！这段时间里有多少流着血和泪的日子啊。不仅是六年，从我开始写这篇短文到现在又过去了半年，这半年中间我经常在火葬场的大厅里默哀、行礼，为了纪念给"四人帮"迫害致死的朋友。想到他们不能把个人的智慧和才华献给社会主义祖国，我万分惋惜。每次戴上黑纱、插上纸花的同时，我也想我自己最亲爱的朋友，一个普通的文艺爱好者，一个成绩不大的翻译工作者，一个心地善良的好人。她是我的生命的一部分，她的骨灰里有我的泪和血。

她是我的一个读者。一九三六年我在上海第一次同她见面。一九三八年和一九四一年我们两次在桂林像朋友似的住在一起。一九四四年我们在贵阳结婚。我认识她的时候，她还不到二十，对她的成长我应当负很大的责任。她读了我的小说，给我写信，后来见到了我，对我发生了感情。她在中学念书，看见我之前，因为参加学生运动被学校开除，回到家乡住了一个短时期，又出来进另一所学校。倘使不是为了我，她三七、三八年一定去了延安。她同我谈了八年的恋爱，后来到贵阳旅行结婚，只印发了一个通知，没有摆过一桌酒席。从贵阳我和她先后到了重庆，住在民国路文化生活出版社门市部楼梯下七八个平方米的小屋里。她托人买了四只玻璃杯开始组织我们的小家庭。她陪着我经历了各种艰苦生活。

　　在抗日战争紧张的时期，我们一起在日军进城以前十多个小时逃离广州，我们从广东到广西，从昆明到桂林，从金华到温州，我们分散了，又重见，相见后又别离。在我那两册《旅途通讯》中就有一部分这种生活的记录。四十年前有一位朋友批评我："这算什么文章！"我的《文集》出版后，另一位朋友认为我不应当把它们也收进去。他们都有道理，两年来我对朋友、对读者讲过不止一次，我决定不让《文集》重版。但是为我自己，我要经常翻看那两小册《通讯》。在那些年代，每当我落在困苦的境地里、朋友们各奔前程的时候，她总是亲切地在我的耳边说："不要难过，我不会离开你，我在你的身边。"的确，只有在她最后一次进手术室之前她才说过这样一句："我们要分别了。"

我同她一起生活了三十多年。但是我并没有好好地帮助过她。她比我有才华，却缺乏刻苦钻研的精神。我很喜欢她翻译的普希金和屠格涅夫的小说。虽然译文并不恰当，也不是普希金和屠格涅夫的风格，它们却是有创造性的文学作品，阅读它们对我是一种享受。她想改变自己的生活，不愿作家庭妇女，却又缺少吃苦耐劳的勇气。她听从一个朋友的劝告，得到后来也是给"四人帮"迫害致死的叶以群同志的同意，到《上海文学》"义务劳动"，也做了一点点工作，然而在运动中却受到批判，说她专门向老作家、反动权威组稿，又说她是我派去的"坐探"。她为了改造思想，想走捷径，要求参加"四清"运动，找人推荐到某铜厂的工作组工作，工作相当忙碌、紧张，她却精神愉快。但是这快要靠边的时候，她也被叫回"作协分会"参加运动。她第一次参加这种急风暴雨般的斗争，而且是以反动权威家属的身分参加，她不知道该怎么办才好。她张皇失措、坐立不安，替我担心，又为儿女们的前途忧虑。她盼望什么人向她伸出援助的手，可是朋友们离开了她，"同事们"拿她当作箭靶，还有人想通过整她来整我。她不是"作协分会"或者刊物的正式工作人员，可是仍然被"勒令"靠边劳动、站队挂牌，放回家以后，又给揪到机关。过一个时期她写了认罪的检查，第二次给放回家的时候，我们机关的造反派头头却通知里弄委员会罚她扫街。她怕人看见，每天大清早起来，拿着扫帚出门，扫得精疲力尽，才回到家里，关上大门，吐了一口气。但有时她还碰到上学去的小孩，对她叫骂："巴金的臭婆娘。"我偶尔看见她拿着扫帚回来，不敢正眼看她，我感到负罪的心情。这是对她的一个致命的打击。不到两个月，她病倒了，以后就没有再出去扫街（我妹妹继续扫了一个时期），但是也没有完全恢复健康。尽管她还继续拖了四年，但一直到死，她并不曾看到我恢复自由。

这就是她的最后，然而绝不是她的结局。她的结局将和我的结局连在一起。

我绝不悲观。我要争取多活。我要为我们社会主义祖国工作到生命的最后一息。在我丧失工作能力的时候，我希望病榻上有萧珊翻译的那几本小说。等到我永远闭上眼睛，就让我的骨灰同她的搀和在一起。

儿子追忆张乐平：

"三毛"身上有他的影子

〈节选〉

张慰军口述

龚丹韵整理

有人说，男孩应该在20岁前崇拜自己的父亲。

父亲拿我们当模特

　　1954年，我在上海湖南街道五原路出生。由于我是家里最小的孩子，小时候身体不好，哮喘很厉害，所以父母特别宠我。

　　有记忆以来，父亲一直在书房作画，家里7个孩子就在边上玩闹。母亲一直跟我们讲，玩可以，但是不能打扰父亲作画，有时候，同学到我家来，一起绕着父亲奔跑。父亲只管自己画画，不说什么。不过他画画讲究解剖，有时候一个人物动作画不好，他就随手拉过来一个小孩子说："来来来，做个动作给我看一下。"把我们当小模特了。

父亲是坐着画画的。小时候，我知道他是漫画家，但没意识到他那么有名。过年的时候，幼儿园要交年画，每年父亲都帮我画了年画，让我带到教室去贴。现在回想起来，老师们都知道这是张乐平的年画，但我当时没意识到。

父亲是慈父和严父的结合体。说他是慈父，是因为他比较放养，从来不要求我们学习成绩要多好。哥哥姐姐功课很好，并不是因为父亲的管教严格。父亲也没有专门辅导过我们画画。我从小喜欢乱涂乱画，他看着，却不帮我找老师。反倒是母亲，后来让我去学画。父亲一直认为，画画不是单靠教的。他自己也上过很短时间的美专，觉得受益不大。父亲一靠天赋，二靠用功，懂得吸收别人的长处。有一次我在练习素描，画石膏像。父亲看到了，他也练过石膏像，就对我说："你呀，画画胆子不够大，笔法太拘束。不光是要形似，还要神似。"父亲后来一直说，做人胆子小一点，画画胆子大一点。这句话我后来一直记着。可能还是有点遗传，家里的兄弟姐妹，小时候基本上都承包了学校里的黑板报工作。

说他是严父，是因为家里家教比较严。从小给我们这些孩子立规矩。如果我在家里跑来跑去，父亲就会说我。有时候一边吃饭一边说话，他也会批评几句。父亲的几位朋友，有几个确实做到了食不言寝不语。如果非要说话，也是吃完这一口，停下来再开口。父亲还特别怕我们在外面"轧坏道"，一旦外出晚归，他就会严厉批评，但不会动手。

母亲有工作，当时家里全靠外婆打理。外公早年病逝，外婆只有这一个女儿，所以特别宝贝母亲。家里有外婆在，总是井井有条。

我们家一直很热闹。不光是7个孩子，还有周围邻居、同学、同学的同学，常常串门。母亲习惯让保姆做很大一锅饭。碰到谁来，她就会问："你吃饭了吗？"如果没吃，就让对方吃饭。于是，家里一桌子人吃饭，很可能几个相互之间不认识。吃饭有时候是"流水席"，谁到谁吃。父亲人缘很好，除了邻居常常来串门，电力公司的抄表员、邮递员，也会和他打成一片，他经常说，"上来坐坐，看看张伯伯"。

来，为戒酒干杯

父亲爱喝酒，非常出名。我有记忆以来，父母每次吵架都是因为他喝酒。母亲让他少喝，他就说："好好，不喝不喝了。"随后举起杯子道："来，为我的戒酒干杯。"第二天照喝不误。几乎每天饭前，他都会用小酒盅喝一杯白酒。我小时候，他去外面喝酒也会带上我。后来他身体不好，喝黄酒比较多，家里有一个壶，专门用来热黄酒。

很多人写回忆文章，都会提到父亲喝酒。三年自然灾害时，上海市委提出要保障知识分子的待遇，有领导就举例说："比如张乐平，你不给他喝酒，他能画出三毛来吗？"可见父亲喝酒的名气。写父亲喝酒的文章，我最早看到的是黄永玉写的《我心目中的张乐平》，后来叶刚、戴敦邦也都提起过。

"文革"抄家时，红卫兵在父亲吃饭的桌子对面贴了一张大字报，上书：张乐平不准喝酒。然而父亲依然偷偷喝，还对着大字报喝，喝完就把酒杯藏在桌子的抽屉里。他后来自己想起也颇觉好笑，觉得那就是一幅漫画。

那段日子，父母再也没有吵架。母亲反而让我们几个孩子偷偷帮父亲去打酒。由于家里附近店铺的人都认得我们家，我们就拿着一个果酱瓶，跑到稍微远一点的乌鲁木齐路上，找不认识的酱油店，每天帮他买3两白酒。当时，父亲每天很晚才能回家，母亲嘱咐我和哥哥，轮流去49路公交车站等父亲，陪父亲一起走回家。

父亲晚年时，常常住院。有一次我去看他，问他要不要带什么东西，他对我说："你给我带个热水瓶。"医院里其实有热水瓶，所以我一听就懂，他要的哪里是热水瓶，是酒。第二天，我带了一热水瓶的黄酒给他。父亲自以为在医院偷偷喝酒没人知道，其实医院的医生护士都有数，只是拿他无可奈何。

上世纪（二十世纪）80年代，我移民香港，和父亲的通话内容常常是身体怎样，说一两分钟就挂了。好在我每年会经常回上海看他。但那时候父亲已经得了帕金森，越老话越少。

上世纪90年代，父亲多次住院。我来上海的频率增加了。我儿子出生后，我带着儿子看望过他两次。老人家特别喜欢小孙子，看到他就高兴得不得了。记得第二次告别时我对他说："我们要回香港了。"父亲坚持一路送我们。他让护士推着轮椅，一直推到大门口，才从自己手上把儿子给我。我把1岁多的儿子接在怀里，准备要走。没想到，父亲抓住孩子的小脚丫，迟迟不肯松手。

最后一次见到父亲，他依然住在华东医院。我来看他，他第一句话就问："小巴辣子来了吗？""小巴辣子"就是指我儿子，我说："没有，这次是我一个人来上海。"他望着我，没说话。第二天，我再去医院，他正在熟睡。后来医生说，他已经重度昏迷。当时我没料到，这是我和他说的最后一句话了。

1992年9月28日，父亲去世。我当时在香港，没能见到父亲最后一面。接到电话后，第二天我一个人先回上海。到家，发现家里坐满了亲朋好友，附近学校的老师也来了，大家都来帮忙。书房、走廊、花园，甚至整条弄堂都摆满了花圈。大家聊起往事，一个说："我手里有张伯伯给我画的画。"另一个说："我也有。"反而是我们这些子女，几乎没有。

追悼会场面很大，出动了警察来维持秩序。龙华殡仪馆的大厅里站满了人，却依然容纳不下，还有许多人站在了外面。追悼会上，致悼词的是父亲在解放日报的老同事丁锡满。我小时候，丁锡满经常到我家来。他写诗、父亲配画。一老一少在书房里一边喝酒，一边聊天。那天，丁锡满致完悼词说："我一定要给老张敬一杯酒。送你吧，就送你一杯酒。"于是放了杯花雕酒。用酒追悼，这件事后来也流传甚广。当时，我们几个子女并不希望放哀乐，觉得不要太悲伤，弄得那么多人很伤心，所以背景音乐是《友谊地久天长》，当时它还有一个名字，叫《一路平安》。

在画里读懂父亲

上世纪80年代末，我在香港，看到亲戚寄给我一本书。这本书是日本人写的，研究上世纪二三十年代以上海为主的中国漫画。我把这本书拿给我的表舅魏绍昌看，他对30年代上海的文史都很了解，他看了以后说："你父亲在那个时候画了好多东西，但是我们都没看到。"

原来，抗日战争的时候，父亲把很多作品托付给了一个朋友，后来朋友也找不到，东西也找不到了。"文革"时抄家，父亲许多漫画的原稿也没了。所以那些原作我们这些亲人都没有，即使有也是很少数的东西。

可是自从看到了那本研究中国漫画的书，我忽然兴起了一个念头，想把父亲的漫画原作一一找回来，系统地整理出来。我开始频繁回上海，去徐家汇藏书楼、上海档案馆、上海图书馆等地方到处找，找到好多父亲早期的漫画。渐渐地，我才了解了父亲。

父亲很早就来上海做工，先是做木工，后来做印刷工。做印刷工的这一段在三毛漫画里有所表现，父亲说过，他画的三毛有他自己的影子。父亲小时候有一位小学老师对他很好，教过他一些西洋画方面的知识。后来父亲进了美专，学过一段时间。出来以后就画广告，搞服装设计，这些印刷品是我后来找到的。

在我们找到的资料中，最早是他1929年在《申报》上发表的报刊刊头，当时他19岁。据说还有更早的，但是没找到。后来还找到一张画，画的是《大饭店》，从上面画下去，把当时的新闻和市井百态选了一些放在里面，最下面是大堂，正在举办婚礼。许多人看过，觉得非常有趣，现在看也非常有趣。可惜原稿找不到了。这大概是他上世纪30年代初发表的作品。

后来，父亲不断有作品发表，他就辞职专职画漫画。虽然上海画漫画的人很多，但很多人是业余画的，专职画漫画的只有两个人，父亲是其中之一。所以到1933年时，已经有报纸把他列为海内一流画家。他已经很出名了。

表舅魏绍昌在谈到中国文化史的时候，曾有一个观点。他认为，唐诗、宋词、元曲、明清小说，到了民国就是漫画。当时漫画在中国确实有影响力，漫画杂志销量很高，人们都看漫画，其他流派的艺术发展如印象派、刘海粟的裸体写生，甚至许多国外生活方式与新知识都是借着漫画杂志被介绍到中国的。父亲画"三毛"，可以说是生逢其时。

让没读书的孩子题书名

1935年，父亲开始创作"三毛"这个形象，四格连环漫画，看起来是一个个小故事。真正的长篇连载漫画是1946年创作的《三毛从军记》，其他都是小故事，没有串起来。

父亲创作《三毛流浪记》的时候，有他自己的经历，比如他小时候的生活，到上海打工，和流浪儿做朋友等等。《三毛流浪记》第一幅是《孤苦伶仃》，一出来就反响很大，《大公报》销量上升。有一阵，上海市民起床第一件事就是去买报纸，看看三毛的命运到底怎样了。当时还有卖报亭把报纸夹起来给路人看，"三毛"那一块被人挖走了。

父亲后来生了一场病回到嘉兴。他在嘉兴继续画，通过火车的乘务员把画作带到上海，报社再派人到火车站去接稿子。因为影响非常大，后来宋庆龄和父亲还一起联合办了三毛乐园的义卖展览，在第一百货公司（当时叫大兴公司），展出的都是《三毛流浪记》的原稿。排队的人从大兴公司绕到六合路。

对父亲的一生来说，抗日战争是一个非常重要的转折。他刚从农村到上海时，虽然是贫民子弟，追求的生活其实比较"小资"。抗日战争这几年是对父亲的洗礼，坚定了他站在平民百姓的角度看待社会的想法，而且对他后来一生爱帮助人的品质都有影响。

1949年后的三毛漫画，删去了很多东西，三毛变成了一个苦孩子，成了父母教育小孩的工具，这让一些小孩子不喜欢三毛。但当这些小孩子长大了，再回过头看三毛，他们会发现，三毛很有意思。

我记得，20年前有过一个调查，《三毛流浪记》是儿童类书籍销量最好的，但都是父母买给小孩看。最近又有调查，《三毛流浪记》依旧是儿童类书籍销量很高的，买书的是当年的小孩子，他们长大后再把三毛买来给自己的孩子看，可孩子依旧不爱看。可能因为三毛从诞生开始，就不是单纯的儿童漫画。

我小时候第一次看到三毛，是在父亲的画册里。1959年，少年儿童出版社再版《三毛流浪记》简体版，父亲希望"三毛流浪记选集"几个字是小孩子写的。我那时候还没读书，只认识一些字，父亲就让我写几个字出来，再拿去描。画册印出来以后，我有点虚荣心，把书送给同学们看，到处嚷嚷着："你看，这几个字是我写的。"

我小时候画画，不是跟着画册，而是跟着父亲临摹，他画什么，我就临摹什么。记得小时候还去过汉口路申报馆父亲的办公室，看他画画。有一次，他为了画"南京路上新事多"，一连画了一个多月，有几天是住在办公室里的。

父亲过世后，我寻找他的画作越发勤快。后来，兄弟姐妹一起加入寻画的过程。我们发现有些商家开始用三毛形象打广告，我们就同他们打官司。官司虽然赢了，但是这给三毛形象带来负面影响。于是，大家就想把三毛的形象维护起来。

上世纪90年代中期，我们懂得也不太多，兄弟姐妹一起申请了一个三毛形象发展有限公司。其实叫公司不太确切，因为一路走来，我们做公益比较多，没什么盈利。此后，兄弟姐妹还发动公司的员工一起帮忙找父亲的画。

有人说，男孩应该在20岁前崇拜自己的父亲。但我的少年时代，正好经历"文革"，父亲被批斗。我虽然知道他是好人，但不可能崇拜他。反而在他去世后，我整理他的画作和资料，才发现原来我的父亲这么了不起。

父亲为人很好，很为一些朋友称道。许多画家碰到我时都说："我们当年走上美术道路，和你父亲有关。我们从小看的就是他的三毛，临摹他的三毛来学画。"有些朋友得知我是张乐平的儿子，还会竖起大拇指，说："乐平，好人！"

可以说年纪越大，我越崇拜我的父亲。

勤奋好学的大哥

钱钟书

钱钟鲁

　　钱钟书自视颇高，有一次公开说"家父读的书太少"，我伯父是有名的古文学家，但听了这些话后却说："他说得对，我是没有他读的书多……"

亲密无间兄弟情

钱钟书大哥是我钱家十五兄弟姐妹的排头兵，我们从小就在一个大家庭生活，一起读书，一起玩耍，亲密无间。一到暑假全家兄弟又聚集在一起，听伯父钱基博讲授经史古文，在大厅里打乒乓球，做猫捉老鼠游戏，在天井里踢小足球，阖家洋溢欢乐笑声。

钟书大哥比我大十二周岁，同是戌年出生，因此感情特别亲近。在童年时我就经常到他的书房玩耍，翻看他的英文的故事书和图片，并听他说清华大学和北京生活，特别感到惊奇的，就是他介绍清华很大，从前门到后门必须乘人力车，当时我将信将疑，后来到北京去清华一看，他一点也没有夸大其词，清华真正很大，非常美丽。大哥和大嫂杨绛结婚后，专门从北京买了一把蒙古刀当礼物送给我，我非常喜欢，经常挂在身上夸耀，在家中跳进跳出，现在大嫂有时还用这话题说笑我。

　　抗日战争期间，我们还在上海辣非德路609号一同居住一段时间，大哥在此创作《围城》，大哥和大嫂和我们一起说笑，其乐融融。我们调到北京后，特别他们住在南沙沟，就在我们兵器部大楼对面，来往更加方便，一有空闲就往他家跑，一到节假日全家就去看大哥和大嫂，也是我们最开心的节目。钟书大哥十分风趣，对社会风尚看得非常深透，妙语连珠，一针见血，常常引得我们哄堂大笑。相聚欢乐景象至今历历在目。

勤奋好学榜样

　　我们弟兄都很敬佩钟书大哥，特别他的勤奋好学精神，为我们树立了好榜样。我无锡家中有丰富的藏书，其中古今中外的小说都是名著，就是钱钟书童年最喜欢的读物。

　　他在七岁以前就已读完了家中所收藏的《西游记》《水浒传》《三国演义》等古典小说名著。还不过瘾，一有机会就钻到街头租书摊看《说唐》《七侠五义》等武侠小说，坐在那里一动不动。读得津津有味，连回家都忘了。他的记忆力特别好，回到家中就把书中精彩的内容，原原本本讲给我们小兄弟听，讲得兴高采烈时，滔滔不绝，还手舞足蹈将书中武打场面表演给我们看，他的记忆力使祖父和伯父深感惊异。

夏天炎热天气时我伯父和弟兄都在天井中乘凉。我们兄弟最喜欢的节目，就是听钱钟书大哥讲聊斋鬼故事。在钟书大哥乘凉躺椅的周围，坐满了我们听故事的小兄弟。钟书哥记忆许多聊斋故事，能如一千零一夜连续讲个没完没了，把狐鬼讲得活龙活现，使我们兄弟听得入神，久久不愿离去，他有时添油加酱，将凶恶的鬼怪讲得十分可怕，把我们听讲的兄弟吓得浑身抖擞，但我们越怕越爱听。听完故事后，在黑暗中我们还害怕凶恶神鬼出现，一个人单身不敢在黑暗中走路。今后我们兄弟相叙一起回想说起无锡老家往事情景时，不禁还要捧腹哈哈大笑。

他不仅记忆力好，而且口才好，还善于想象和联想，从小就善于从阅读中前后联想和对照比较，这好学深思熟虑的习惯，常常在今后在学问工作中发挥运用。

特殊的聪明才智

两位大哥钱钟书和钱钟韩从小就在一起读书，一同进了无锡有名的东林小学。我伯父是国学大师，在他们下课后再亲自教授古文，奠定了他们深厚的古文功底。在中学时代，钱钟书表现有特殊的聪明才智，但他的天赋在文学上，他的中英文成绩在全校一直名列前茅，受到学校校长和教师们的青睐，作为特别保护对象。

他喜欢随心所欲任意发挥，特别不愿按部就班地逻辑推理，对数理化等课程感到头痛，根本不想学，成绩很差，他的升学历来都是特别保护才过关。

钱钟书的外语才能更显得特别优异，完全是靠刻苦自学。他并不喜欢课堂教学，认为学外语要啃字典，从读原著入手，才有丰富词汇和渊博学识。他不仅啃了成本的牛津大字典和大英百科全书，而且在中学里就阅读了《天演论》等不少的西方文学、哲学原著，因此英语突飞猛进，体现了他的语言天才和大量阅读外文原版书的丰富收获。他还以同样的刻苦精神攻克法语、德语、拉丁文等等，从掌握丰富的语言和原著宝库中吸取丰富知识营养，能在治学和著述中，随心所欲引经据典加以发挥和运用。

1975年钱钟书访美时，在一次耶鲁大学茶话会上，他的博学多才，出口成章。将外语天才得到现场充分发挥，一会儿用优美的英语背诵英国作者的诗词，一会儿用标准德语背诵德国诗人的作品，他又用拉丁文背诵拉丁文诗词，他的流利的外语和博学强记，把在场的美国人惊愕了。

钱钟书自视颇高，有一次公开说"家父读的书太少"，我伯父是有名的古文学家，但听了这些话后却说："他说得对，我是没有他读的书多。他懂得好几国外文，我却只能看翻译小说，就是中国古书他也比我读得多，读得广"。对于儿子比他读书还多引以为自豪。

横扫清华图书馆

"南交大，北清华"两个名牌大学，也是中国知识分子梦寐以求进身之地，如能考取这样的中国第一流大学，就好比考中了状元，前途无量。钱钟书和钱钟韩同时能以优异成绩考取清华和交大，不仅给我钱家增添光彩。而且成为无锡报纸头条新闻，辅仁中学两个毕业生同时考取清华和交大，无锡人引以为荣，后来一直是无锡人和辅仁中学的佳话。

钱钟书录取清华大学也是传奇性的故事，他的中英文考试成绩特别优异，传说数学成绩只有 30 分，按一般常规决不能为名牌学府清华正式录取，他考的专业是清华大学文科，他的中英文特别优异成绩，引起清华一些著名教授的兴趣，认为如录取进入清华，将来必然成为奇才，清华大学校长罗家论看到他优异的国文、英文成绩，赞叹备至，特别批准破格录取，这却是清华前所未有的第一次破例。

他进入清华，不但得到很多名师扶持和指导，还有两大收获：第一个大收获，就是横扫清华图书馆的丰富图书资料，他进入图书馆如鱼得水，中外名著一本本啃到肚子里，广泛阅读使钱钟书得益匪浅，大学四年肚已大腹便便，满腹经纶，学业有成，被誉为"清华之龙"。

英国牛津大学培养的杰出人物

最近英国牛津大学校长访华时谈到培养人才方针时，也以牛津能出钱钟书这样杰出人物引以自豪。事实上钱钟书对于牛津的严肃、古板课程不感兴趣，根本不受上课约束，完全凭兴趣读书。牛津博德利图书馆比清华图书馆藏书更为丰富，钱钟书几乎成天埋身图书之中，饱览文学、历史、哲学、心理学等书籍，学问知识方面获得更大的丰收。他自称如"蠹虫"将图书馆的一本本书蛀空，将知识装饱了肚子，因此称牛津博德利图书馆为"饱蠹馆"。

在牛津另一个丰收就是女儿钱瑗出生，这个掌上明珠给钱钟书一生带来了无穷乐趣。因为爸爸妈妈还要到学校上课，白天她只能睡在一个大抽屉被锁在家中，安安稳稳等爸爸、妈妈回家。可能她因为出生在英国牛津，后来曾是英国纽卡赛尔大学访问学者，成为一个杰出的英国语言学家，勤奋刻苦学习精神几乎和她父亲一模一样。

她任北师大英语系主任，任务极其繁重，既要负责英语系的行政事务，上课教书，还是博士生导师，辅导博士生准备博士论文，和大学英语教师进修班培训工作。我们每次看到她在家忙于备课，即使节假日也无一刻休息，终日劳累过度，我们真正感到心痛。由于她长期劳累，积劳成疾，一个充满活力的生命，短短几个月就为病魔所夺，竟然离我而去，在人间消失了，真是叫人难以置信。感到十分悲痛。

北师大的学生对老师钱瑗非常爱戴，一致要求将她的骨灰埋在北师大校园内，以纪念她辛勤工作，将一生献身于北师大教育事业。

爱国主义篇章《围城》

大哥钱钟书《围城》的影响之大出人意外，我亲身感受《围城》应是抗战期中国知识分子爱国主义的历史篇章。《围城》描写方鸿渐从上海回乡到抗战爆发后逃难到上海的一段经历，明显以无锡老家"钱绳武堂"为背景的。

在《围城》中介绍方鸿渐的"父亲在本乡县江南一个小县城里做大绅士，那县里人侨居在大都市的，干三种行业：打铁，磨豆腐，抬轿子，土产中以泥娃娃为最出名，年轻人进大学，以学土木工程为最多，铁的硬，豆淡而无味，轿子的容量小，还加上泥土气，这算他们的民风"。这里把家乡无锡的特产和民风描述非常风趣，我祖父和父亲都可算是无锡的乡绅，在上海打铁业都是无锡人开的，王冶坊的铁锅几乎占领了上海家家户户厨房。

无锡三大特产：泥娃娃、油面筋，肉骨头也是无锡重要出口产品。无锡的纺织业、面粉业在无锡和上海都首屈一指，是中国民族工业的支柱。无锡城和钱绳武堂一样历尽沧桑，屡屡成为"围城"，遭受劫难。

杨绛在《围城》电视剧拍摄时指出"围城"主要涵义："围在城里的想逃出来，城外人想冲进去。对婚姻也罢，职业也罢。

人生的愿望大都如此。"围城"实际对于抗战时期中国知识分子的人生写照。钱钟书著作《围城》的时代，正是中国人民生活在水深火热之中的时代，是中国人民奋起反抗帝国主义的革命时代，也是中国知识分子冲出"围城"寻求救国之道的时代。他们万分愤恨当时政府卖国求荣和帝国主义侵略压迫，怀着一片爱国热情，有的走向革命道路，肩起抗日救国大旗，进行武装革命斗争，千万志士为革命献出宝贵生命；有的深信"教育救国""技术救国"，冲向世界，出国深造，以期学得世界先进的文化技术，来振救中华民族，回报祖国。他们一旦看到日军发动侵略暴行，毫不犹豫放弃国外优越学习生活，又从外国冲回"围城"祖国，投奔抗日救国大后方，在极其艰苦的条件下，办学培养振兴中华的栋梁人才，这就是钱钟书《围城》的实际生活背景。钱钟书就是在抗日战争爆发后，从法国冲回"围城"祖国，到昆明西南联大教书，后又从"围城"上海冲出去，一路千辛万苦，到湖南兰田师范学院教书。

《围城》的故事，就是中国知识分子从"围城"冲出去，又冲进"围城"的实际生活的写照。抗日战争前，冲出国门风潮已是当时的时常，与钱钟书同时期出国潮冲出去，我们周围就有大哥钱钟韩（英国学习电机）、二堂兄钱钟纬（英国学习纺织）、二舅高昌运（英国学习哲学）、三哥钱钟毅（美国学习土木工程）到英美留学，学习先进文化技术和救国救民的本领。一旦抗日战争爆发后，在祖国最困难的时候，毫不例外都满怀爱国热情，冲破重重障碍，回到祖国大后方，参加"教育救国"和"技术救国"革命事业，为今后革命和国家建设立下了功勋。中国知识分子的爱国主义精神应该是《围城》小说的内涵。

huí yì liáng shí qiū xiān sheng
回忆梁实秋先生

季羡林

但是，他留给我的回忆却是很长很长的。

　　我认识梁实秋先生，同他来往，前后也不过两三年，时间是很短的。但是，他留给我的回忆却是很长很长的。分别之后，到现在已经四十年了。我仍然时常想到他。

　　1946年夏天，我在离开了祖国十一年之后，受尽了千辛万苦，又回到了祖国怀抱，到了南京。当时刚刚打败了日本侵略者，国民党的"劫收"大员正在全国满天飞，搜刮金银财宝，兴高采烈。我这一介书生，"无条无理"，手里没有几个钱，北京大学还没有开学，拿不到工资，住不起旅馆，只好借住在我小学同学李长之在国立编译馆的办公室内。他们白天办公，我就出去游荡，晚上回来，睡在办公桌上。早晨一起床，赶快离开。国立编译馆地处台城下面，我多半在台城上云游，什么鸡鸣寺、胭脂井，我几乎天天都到。再走远一点，出城就到了玄武湖。山光水色，风物怡人。但是我并没有多少闲情逸致，观赏风景。我的处境颇像旧戏中的秦琼，我心里琢磨的是怎样卖掉黄骠马。

　　我这样天天游荡，梦想有朝一日自己能安定下来，有一间房子，有一张书桌。别的奢望，一点没有。我在台城上面看到郁郁葱葱的古柳，心头不由地涌出了古人的诗：

　　　　江雨霏霏江草齐，

　　　　六朝如梦鸟空啼。

　　　　无情最是台城柳，

　　　　依旧烟笼十里堤。

　　这里讲的仅仅是六朝。从六朝到现在，又不知道有多少朝多少代过去了。古柳依然是葱茏繁茂，改朝换代并没有影响了它们的情绪。今天我站在古柳面前，一点也没有觉得它们"无情"，我觉得它们有情得很。我天天在六月的炎阳下奔波游荡，只有在台城古柳的浓荫下才能获得片刻的清凉，让我能够坐下来稍憩一会儿。我难道不该感激这些古柳而还说三道四吗？

又过了一些时候，有一天长之告诉我，梁实秋先生全家从重庆复员回到南京了。梁先生也在国立编译馆工作。我听了喜出望外。我不认识梁先生，论资排辈，他大我十几岁，应该算是我的老师。他的文章我在清华大学读书时就读过不少，很欣赏他的文才，对他潜怀崇敬之情。万万没有想到竟在南京能够见到他。见面之后，立刻对他的人品和谈吐十分倾倒。没有经过什么繁文缛节，我们成了朋友。我记得，他曾在一家大饭店里宴请过我。梁夫人和三个孩子：文茜、文蔷、文骐，都见到了。那天饭菜十分精美，交谈更是异常愉快，给我留下了深刻的印象，至今忆念难忘。我自谓尚非馋嘴之辈，可为什么独独对酒宴记得这样清楚呢？难道自己也属于饕餮大王之列吗？这真叫作没有法子。

新中国成立前夕，实秋先生离开了北平，到了台湾，文茜和文骐留下没有走。在那极"左"的时代，有人把这一件事看得大得不得了。现在看来，也没有什么了不起的。一个人相信马克思主义，这当然很好，这说明他进步。一个人不相信，或者暂时不相信，他也完全有自由，这也绝非反革命。我自己过去不是也不相信马克思主义吗？从来就没有哪一个人一生下就是马克思主义者，连马克思本人也不是，遑论他人。我们今天知人论事，要抱实事求是的态度。

至于说梁实秋同鲁迅有过一些争论，这是事实。是非曲直，暂作别论。我们今天反对对任何人搞"凡是"，对鲁迅也不例外。

鲁迅是一个伟大人物，这谁也否认不掉，但不能说凡是鲁迅说的都是正确的。今天，事实已经证明，鲁迅也有一些话是不正确的，是形而上学的，是有偏见的。难道因为他对梁实秋有过批评意见，梁实秋这个人就应该永远打入十八层地狱吗？

实秋先生活到耄耋之年。他的学术文章，功在人民，海峡两岸，有目共睹，谁也不会有什么异辞。我想特别提出一点来说一说。他到了老年，同胡适先生一样，并没有留恋异国，而是回到台湾定居。这充分说明，他是热爱我们祖国大地的。至于他的为人毫无架子，像对我和李长之这样年轻一代的人，竟也平等对待，态度真诚和蔼，更令人难忘。这种作风，即使不是绝无仅有，也总算是难能可贵。对我们今天已经成为前辈的人，不是很有教育意义吗？

去年，他的女儿文茜和文蔷奉父命专门来看我。我非常感动，知道他还没有忘掉我。这勾引起我回忆往事。回忆虽然如云如烟，但是感情却是非常真实的。我原期望还能在大陆见他一面，不意他竟尔仙逝。我非常悲痛，想写点什么，终未果。去年，他的夫人从台湾来北京举行追思会。我正在南京开会，没能亲临参加，只能眼望台城，临风凭吊。我对他的回忆将永远保留在我的心中，直至我不能回忆为止。我的这一篇短文，他当然无法看到了。但是，我仿佛觉得，而且痴情希望，他能看到。四十年音问未通，这是仅有的一次也是最后一次通音问了。悲夫！

梁思成、林徽因与我
——梁思成第二位夫人自述

（节选）

林洙

即使到现在我仍旧认为，她是我一生中见到的最美、最有风度的女子。

初识才女林徽因

　　1948年，我在上海结束了中学教育，考上了私立上海圣约翰大学和南京金陵女子大学。可当时私立大学的学费相当昂贵，我的哥哥已经在一个私立大学就读，如果我再上私立大学，对我们这样公职人员的家庭来说，在经济上几乎是难以负担的。

恰巧，这时我的男朋友程应铨要北上到清华大学建筑系任教。父亲决定让我和哥哥都随程应铨北上求学。他听说清华设有先修班，因此写信给清华的同乡林徽因，请她帮助我进入清华大学先修班学习。

　　林徽因是我们福建的才女。在我们家的客厅经常有些家乡人来拉家常，几乎每次都要提到林徽因，并谈到她嫁给梁启超的长子梁思成。他们还说：梁思成、陈寅恪与翁文灏三人被誉为中国的三位国宝。

　　我终于到了北平，这个我向往已久的城市，并迫不及待地去参观了故宫，然后又游览了三海、天坛和太庙。我从没见过这样伟大壮丽的建筑，当我站在太和殿前，多么希望自己能长久地留在那里，哪怕做一名清洁工我也愿意。当我走在天坛笔直的长长的神道上，远望圜丘时，感到自己也仿佛飘飘然地接近上天。而太庙却又是另一番情景，它那大片的古柏，那般肃穆，连轻轻咳嗽一声都怕惊动了祖先。天啊！我有生以来从没有领教过，一个人可以从建筑物上得到这么多的感受。

　　在昆明，我爱它美丽的湖光山色；在上海，我只看到它的商业繁荣；然而北平，只有北平，这成群宏伟的古建筑，加上人们那彬彬有礼的北京话，使我第一次实实在在地感受到祖国文化的伟大。使我长期在上海形成的、崇拜美国物质文明的心理受到谴责。北平啊！祖国的明珠，祖国的瑰宝，你给了我作为一个中国人的骄傲！

我第一次进清华是从西校门进去的。从西校门到二校门，乘汽车不过三五分钟的路程，我却走了半个多小时。路沿着一条清冽的小溪延伸，在路的另一边是一片树林，路上不见一个行人。路旁的大树缓缓从我眼前掠过，多么幽静的清华园。我到清华时，朱自清先生刚刚逝世不久，那天上午刚开过他的追悼会，清华园笼罩着黯然的悲哀。朱自清先生生宁肯饿死也不领美国救济粮的精神，激励着每一个爱国者，使清华园又表现出一种特殊的气氛。这就是1948年清华大学这个中国最高学府给我的印象。

我到清华后的第一件事自然应该去拜访林徽因先生。但我听到一个坏消息，她不久前刚刚做了肾切除手术，肺部结核也已到了晚期，医生告诉梁思成说她将不久于人世了。这对一个家庭来说是多么悲哀的事。我反复地考虑着去不去拜见她。我不断听到人们对她超人才智的赞扬，及对他们夫妇渊博的学问的敬佩。我更害怕了，我这个没被清华录取的小青年，在她的面前将多么尴尬。我一直拖延着去拜见她的日期，直到她听到我已到清华的消息，召见我时，我才去见她。

在一个初秋的早上，阳光灿烂，微风和煦，我来到清华的教师住宅区新林院8号梁家的门口，轻轻地叩了几下门。开门的刘妈把我引到一间古色古香的起居室，这是一个长方形的房间，北半部作为餐厅，南半部为起居室。靠窗放着一个大沙发，在屋中间放着一组小沙发。靠西墙有一个矮书柜，上面摆着几件大小不同的金石佛像，还有一个白色的小陶猪及马头。家具都是旧的，但窗帘和沙发面料却很特别，是用织地毯的本色坯布做的，看起来很厚，质感很强。在窗帘的一角缀有咖啡色的图案，沙发的扶手及靠背上都铺着绣有黑线挑花的白土布，但也是旧的，我一眼就看出这些刺绣出自云南苗族姑娘的手。在昆明、上海我曾到过某些达官贵人的宅第，见过豪华精美的陈设。但是像这个客厅这样朴素而高雅的布置，我却从来没见过。

我的注意力被书架上的一张老照片吸引住了，那是林徽因和她父亲的合影。看上去林先生当时只有十五六岁。啊！我终于见到了这位美人。我不想用细长的眉毛、大大的眼睛、双眼皮、长睫毛、高鼻梁、含笑的嘴、瓜子脸……这样的词汇来形容她。不能，在我可怜的词汇中找不出可以形容她的字眼儿，她给人的是一种完整的美感：是她的神，而不全是貌，是她那双凝神的眼睛里深深蕴藏着的美。当我正在注视这张照片时，只听卧室的门"嗒"的一声开了。我回转身来，见到林先生略带咳嗽、微笑着走进来，她边和我握手边说：

"对不起，早上总是要咳这么一大阵子，等到喘息稍定才能见人，否则是见不得人的。"

她后面一句话说得那么自然诙谐，使我紧张的心弦顿时松弛了下来。后来我才知道，她这句话包含着她这一辈子所受的病痛的折磨与苦难。我定睛看着她。天哪！我再也没有见过比她更瘦的人了。这是和那张照片完全不同的一个人，她那双深深陷入眼窝中的眼睛，放射着奇异的光彩，一下子就能把对方抓住。她穿一件浅黄色的羊绒衫，白衬衫的领子随意地扣在毛衣内，衬衫的袖口也是很随便地翻卷在毛衣外面。一条米色的裤子，脚上穿一双驼色的绒便鞋。我们都坐下后，她就开始问我报考大学的情况。这是我最怕的事，只得羞怯怯地告诉她，我自认为数学、化学、语文尚好对付，物理和地理不行，最头疼的是英语，我对它简直是一筹莫展。她笑了笑说："你和我们家的孩子相反，再冰、从诫（梁思成的女儿和儿子）他们都是怕数学，你为什么怕英语？"

"我怕文法，"我说，"我简直搞不清那些文法。""英语并不可怕，再冰中学时在同济附中，学的是德语，英语是在家里学的，我只用了一个暑假来教她。学英语就是要多背，不必去管什么文法。一个假期我只选了一本《木偶奇遇记》做她的课本，儿童读物语法简单，故事也吸引人，她读一段背一段。故事读完了，英文也基本学会了，文法也就自然理解了。"

接着她又问起我的食宿情况。我告诉她，我已经在工字厅食堂入伙。系里的美术教师李宗津先生把他在工字厅的宿舍暂时借给我住，因为他城里另有住房。但是工字厅是男教工宿舍，所以很不方便。她很快就想到可以让我借住在吴柳生教授家，并说要亲自去和吴夫人商量。然后她又问我对北平有什么印象，当我正准备寻找一个恰当的词汇来回答她时，她已兴致勃勃地向我介绍起北京的历史。

"北京城几乎完全是根据《周礼·考工记》中'匠人营国，方九里，旁三门，国中九经九纬，经涂九轨，左祖右社，面朝后市'的规划思想建设起来的。"她看出我不懂这句话的意思，便又接着解释说：

"北京城从地图上看，是一个整齐的凸字形，紫禁城是它的中心。除了城墙的西北角略退进一个小角外，全城布局基本是左右对称的。它自北而南，存在着纵贯全城的中轴线。北起钟鼓楼，过景山，穿神武门直达紫禁城的中心三大殿。然后出午门、天安门、正阳门直至永定门，全长八千米。这种全城布局上的整体感和稳定感，引起了西方建筑家和学者的无限赞叹，称之为世界奇观之一。

"'左祖右社'是对皇宫而言，'左祖'指皇宫的左边是祭祖的太庙。'右社'指宫室右边的社稷坛（现在是中山公园）。'旁三门'是指东、西、南、北城墙的四面各有三个城门。不过北京只是南面有三个城门，东、西、北面各有两个城门。日坛在城东，月坛在城西，南面是天坛，北面是地坛。'九经九纬'，是城内南北向与东西向各有九条主要街道，而南北的主要街道同时能并列九辆车马即'经涂九轨'。北京的街道原来是很宽的，清末以来被民房逐渐侵占越来越狭了。所以你可以想象当年马可·波罗到了北京，就跟乡巴佬进城一样吓蒙了，欧洲人哪里见过这么伟大气魄的城市。"

…………

我从梁家出来感到既兴奋又新鲜。我承认，一个人瘦到她那样很难说是美人，但是即使到现在我仍旧认为，她是我一生中见到的最美、最有风度的女子。她的一举一动、一言一语都充满了美感、充满了生命力、充满了热情。她是语言艺术的大师，我不能想象她那瘦小的身躯怎么能迸发出那么强的光和热；她的眼睛里又怎么能同时蕴藏着智慧、诙谐、调皮、关心、机智和热情。真的，怎能包含那么多的内容。当你和她接触时，实体的林徽因便消失了，感受到的是她带给你的美和强大的生命力。她是那么吸引我，我几乎像恋人似的对她着迷。那天我没有见到梁思成先生，听说他到南京接受中央研究院院士的学衔去了。

....

wǒ hé fù qīn lín yǔ táng

我和父亲林语堂

林太乙

我不会今天说月亮是方的，一个礼拜之后说月亮是圆的，因为我的记性很不错。

社会是个大学堂

假使母亲是养育我的土壤，我不平凡的父亲就是培养我这棵小苗的水和阳光。

爸爸认为我们除了学校之外，什么都应该见识见识。走在街上，我们有时会看见一些女人在黄包车上招生意。妈妈就说，她们是坏女人，是过皮肉生涯的。爸爸则说，那些女人是因为穷，所以不得已要过这种生活，我们不要看不起她们。

爸爸在云山千叠之间的坂仔长大，他说："山影响了我对人生的看法。山逼得人谦逊，对山敬畏。你生在山间，不知不觉评判什么都以山为标准，于是人为的事都变得微不足道。摩天大厦吗？可笑之至。财富、政治、名利都可笑之至。"

我是中国人

应赛珍珠夫妇的邀请，父亲来到美国讲学。他说："我们在外国，不要忘记自己是中国人，你可以学他们的长处，但绝对不要因为他们笑你与他们不同，而觉得自卑，因为我们的文明比他们悠久而优美。无论如何，看见外国人不要怕，有话直说，这样他们才会尊敬你。"

我们的生活完全改变了，我们不再有佣人，一切自己做。爸爸站在路上仔细观察擦皮鞋的黑人小童怎样把皮鞋擦得发亮，然后教我们怎样在鞋上抹油，用条软布劈劈啪啪地擦，他的手势就和街口的小童一样，擦出来的鞋和小童的一样光亮，他得意得不得了。

难忘的欧洲之旅

1938年初，我们在法国南部的小镇蒙顿住了一个月之后，又搬到了巴黎。

我写的一篇游记——《探火山口》，描写我们到意大利维苏威火山之旅行，居然由父亲寄到上海，在《西风》月刊发表了！我心头狂跳，脸孔发热，好像自己没有穿好衣裳被人发现似的。我翻看别人的文章，然后把自己的作品，当做是别人写的文章，从头到底仔细看了一遍，发现不必过分为它难为情，高兴得几乎要叫起来。

我上瘾了。我染上了发表欲。从此就想成为作家。我发奋攻读中文，就在那时开始。

父亲不要我上大学

17岁时，同班同学已经纷纷讨论要申请入什么大学。他们都说，凭我的成绩、家庭背景等等，我想入什么大学就可以入什么大学。然而我不平凡的父亲不要我上大学！

他要我踏入社会做事，学会处世的道理。他听说，耶鲁大学的亚洲研究所缺乏中文教员。"我们来试试看。"

"我吗？到耶鲁大学教中文？"我失声大叫。

"那有什么不可以？"父亲说，"教外国人的中文，程度很低。最要紧是国语发音正确，要懂点中文文法，懂拼音。"

耶鲁大学负责亚洲研究所的乔治·甘尼迪博士认识爸爸。他听我说几句国语之后便说行，月薪二百元，他们是真的严重缺乏教员。我又惊又喜，不敢相信有这么容易的事！

同学们对我刮目相看，连老教师都不相信有这样的事。她们教中学，我这个中学毕业生却要去教大学！耶鲁大学！

幽默感

父亲在压力之下，也能保持他的幽默感。一九五四年他出任南洋大学校长之后，左派人士便想办法把他弄下台，新加坡的许多报纸都攻击他，小报更加凶恶，有一家小报竟然刊登了一个人的照片，加以说明是"林语堂的兄弟，是一个吸毒的挖坟墓的人"。我看了十分生气，对父亲说，"他们怎么可以这样胡闹？"父亲把报纸拿过来一看，微笑道，"面貌倒有点像我。"

他鼓励我写作，也同样的起劲和认真。小时候他就鼓励我写日记，他说，想到什么就写什么，但千万不要像小学生作文，写假话给先生看，例如"天天玩耍，不顾学业，浪费光阴，岂不可惜？"，那是他在一本学生尺牍里读到的句子，使他捧腹大笑。他说，无论写什么东西，最要紧的是个"真"字。

父亲的书房叫做"有不为斋"，朋友问他，那是什么意思？他的答案部分是：

我始终背不来总理遗嘱，在三分钟静默的时候不免东想西想。

我从未说过一句讨好人的话。

我不会今天说月亮是方的，一个礼拜之后说月亮是圆的，因为我的记性很不错。

这些话是父亲在三十年代说的，而他一直到老都没有改变，这也许是他写作成功的原因。他写的文章都是"真"的，他不怕把他的感情和思想坦率地表露出来，从不顾别人对他有怎样的想法。

shū hū rénjiān sì yuè tiān
俛忽人间四月天

——回忆我的母亲林徽因

（节选）

梁从诫

一身诗意千寻瀑，

万古人间四月天。

　　母亲去世已经三十二年了。现在能为她出这么一本小小的文集——她唯一的一本，使我欣慰，也使我感伤。

　　今天，读书界记得她的人已经不多了。老一辈谈起，总说那是三十年代一位多才多艺、美丽的女诗人。但是，对于我来说，她却是一个面容清癯、消瘦的病人，一个忘我的学者，一个用对成年人的平等友谊来代替对孩子的抚爱（有时却是脾气急躁）的母亲。

三十年代那位女诗人当然是有过的。可惜我并不认识，不记得。那个时代的母亲，我只可能在后来逐步有所了解。当年的生活和往事，她在我和姐姐再冰长大后曾经同我们谈起过，但也不常讲。母亲的后半生，虽然饱受病痛折磨，但在精神和事业上，她总有新的追求，极少以伤感的情绪单纯地缅怀过去。至今仍被一些文章提到的半个多世纪前的某些文坛旧事，我没有资格评论。但我有责任把母亲当年亲口讲过的，和我自己直接了解的一些情况告诉关心这段文学史的人们。或许它们会比那些传闻和臆测更有意义。

早年

我的外祖父林长民（宗孟）出身仕宦之家，几个姊妹也都能诗文，善书法。外祖父留学日本，英文也很好，在当时也是一位新派人物。但是他同外祖母的婚姻却是家庭包办的一个不幸的结合。外祖母（按：林徽因的母亲何雪媛是林长民的第二位夫人）虽然容貌端正，却是一位没有受过教育的、不识字的旧式妇女，因为出自有钱的商人家庭，所以也不善女红和持家，因而既得不到丈夫，也得不到婆婆的欢心。婚后八年，才生下第一个孩子——一个美丽、聪颖的女儿。这个女儿虽然立即受到全家的珍爱，但外祖母的处境却并未因此改善。外祖父不久又娶了一房夫人（按：

林长民的第三位夫人程桂林），外祖母从此更受冷遇，实际上过着与丈夫分居的孤单的生活。母亲从小生活在这样的家庭矛盾之中，常常使她感到困惑和悲伤。

童年的境遇对母亲后来的性格是有影响的。她爱父亲，却恨他对自己母亲的无情；她爱自己的母亲，却又恨她不争气；她以长姊真挚的感情，爱着几个异母的弟妹，然而，那个半封建家庭中扭曲了的人际关系却在精神上深深地伤害过她。可能是由于这一切，她后来的一生中很少表现出三从四德式的温顺，却不断地在追求人格上的独立和自由。

少女时期，母亲曾经和几位表姊妹一道，在上海和北京的教会女子学校中读过书，并跟着那里的外国教员学会了一口相当流利的英语。一九二〇年，当外祖父在北洋官场中受到排挤而被迫"出国考察"时，决定携带十六岁的母亲同行。关于这次欧洲之旅我所知甚少。只知道他们住在伦敦，同时曾到大陆一些国家游历。母亲还考入了一所伦敦女子学校暂读。

在去英国之前，母亲就已认识了当时刚刚进入"清华学堂"的父亲。从英国回来，他们的来往更多了。在我的祖父梁启超和外祖父看来，这门亲事是颇为相当的。但是两个年轻人此时已经受到过相当多的西方民主思想的熏陶，不是顺从于父辈的意愿，而确是凭彼此的感情而建立起亲密的友谊的。他们之间在对中国传统文化的珍爱和对造型艺术的趣味方面有着高度的一致性，但是在其他方面也有许多差异。父亲喜欢动手，擅长绘画和木工，又酷爱音乐和体育，他生性幽默，做事却喜欢按部就班，有条不素；母亲富有文学家式的热情，灵感一来，兴之所至，常常可以不顾其他，有时不免受情绪的支配。我的祖母一开始就对这位性格独立不羁的新派的未来儿媳不大看得惯，而两位热恋中的年轻人当时也不懂得照顾和体贴已身患重病的老人的心情，双方关系曾经搞得十分紧张，从而使母亲又逐渐卷入了另一组家庭矛盾之中。这种局面更进一步强化了她内心那种潜在的反抗意识，并在后来的文学作品中有所反映。

父亲在清华学堂时代就表现出相当出众的美术才能，曾经想致力于雕塑艺术，后来决定出国学建筑。母亲则是在英国时就受到一位女同学的影响，早已向往于这门当时在中国学校中还没有的专业。在这方面，她和父亲可以说早就志趣相投了。一九二三年五月，正当父亲准备赴美留学的前夕，一次车祸使他左腿骨折。这使他的出国推迟了一年，并使他的脊椎受到了影响终生的严重损伤。不久，母亲也考取了半官费留学。

一九二四年，他们一同来到美国宾夕法尼亚大学。父亲入建筑系，母亲则因该系当时不收女生而改入美术学院，但选修的都是建筑系的课程，后来被该系聘为"辅导员"。

一九二五年底，外祖父在一场军阀混战中死于非命。这使正在留学的母亲精神受到很大打击。

一九二七年，父亲获宾州大学建筑系硕士学位，母亲获美术学院学士学位。此后，他们曾一道在一位著名的美国建筑师的事务所里工作过一段。不久，父亲转入哈佛大学研究美术史。母亲则到耶鲁大学戏剧学院随贝克教授学舞台美术。据说，她是中国第一位在国外学习舞台美术的学生，可惜她后来只把这作为业余爱好，没有正式从事过舞台美术活动。母亲始终是一个戏剧爱好者。一九二四年，当印度著名诗翁泰戈尔应祖父和外祖父之邀到中国访问时，母亲就曾用英语串演过泰翁名作《齐德拉》；三十年代，她也曾写过独幕和多幕话剧。

关于父母的留学生活，我知道得很少。一九二八年三月，他们在加拿大渥太华举行了婚礼，当时我的大姑父在那里任中国总领事。母亲不愿意穿西式的白纱婚礼服，但又没有中式"礼服"可穿，她便以构思舞台服装的想象力，自己设计了一套"东方式"带头饰的结婚服装，据说曾使加拿大新闻摄影记者大感兴趣。这可以说是她后来一生所执著追求的"民族形式"的第一次幼稚的创作。婚后，他们到欧洲度蜜月，实际也是他们学习西方建筑史之后的一次见习旅行。欧洲是母亲少女时的旧游之地，婚后的重访使她感到亲切。后来曾写过一篇散文《贡纳达之夜》，以纪念她在这个西班牙小城中的感受。

一九二八年八月，祖父在国内为父亲联系好到沈阳东北大学创办建筑系，任教授兼系主任。工作要求他立即到职，同时祖父的肾病也日渐严重。为此，父母中断了欧洲之游，取道西伯利亚赶回了国内。本来，祖父也为父亲联系了在清华大学的工作，但后来却力主父亲去沈阳，他在信上说："（东北）那边建筑事业将来有大发展的机会，比温柔乡的清华园强多了。但现在总比不上在北京舒服……我想有志气的孩子，总应该往吃苦路上走。"父亲和母亲一道在东北大学建筑系的工作进行得很顺利，可惜东北严寒的气候损害了母亲的健康。一九二九年一月，祖父在北平不幸病逝。同年八月，我姐姐在沈阳出生。此后不久，母亲年轻时曾一度患过的肺病复发，不得不回到北京，在香山疗养。

北平

香山的"双清"也许是母亲诗作的发祥之地。她留下来的最早的几首诗都是那时在这里写成的。清静幽深的山林，同大自然的亲近，初次做母亲的快乐，特别是北平朋友们的真挚友情，常使母亲心里充满了宁静的欣悦和温情，也激起了她写诗的灵感。从一九三一年春天，她开始发表自己的诗作。

母亲写作新诗，开始时在一定程度上受到过徐志摩的影响和启蒙。她同徐志摩的交往，是过去文坛上许多人都知道，却又讹传很多的一段旧事。在我和姐姐长大后，母亲曾经断断续续地同我们讲过他们的往事。母亲同徐是一九二〇年在伦敦结识的。当时徐是外祖父的年轻朋友，一位二十四岁的已婚者，在美国学过两年经济之后，转到剑桥学文学，而母亲则是一个还未脱离旧式大家庭的十六岁的女中学生。据当年曾同徐志摩一道去过林寓的张奚若伯伯多年以后对我们的说法："你们的妈妈当时梳着两条小辫子，差一点把我和志摩叫做叔叔！"因此，当徐志摩以西方式诗人的热情突然对母亲表示倾心的时候，母亲无论在精神上、思想上，还是生活体验上都处在与他完全不能对等的地位上，因此也就不可能产生相应的感情。

母亲后来说过，那时，像她这么一个在旧伦理教育熏陶下长大的姑娘，竟会像有人传说的那样去同一个比自己大八九岁的已婚男子谈恋爱，简直是不可思议的事。母亲当然知道徐在追求自己，而且也很喜欢和敬佩这位诗人，尊重他所表露的爱情，但是正像她自己后来分析的："徐志摩当时爱的并不是真正的我，而是他用诗人的浪漫情绪想象出来的林徽因，可我其实并不是他心目中所想的那样一个人。"不久，母亲回国，他们便分手了。

　　等到一九二二年徐回到国内时，母亲同父亲的关系已经十分亲密，后来又双双出国留学，和徐志摩更没有了直接联系。父母留学期间，徐志摩的离婚和再娶，成了当时国内文化圈子里几乎人人皆知的事。可惜他的再婚生活后来带给他的痛苦竟多于欢乐。一九二九年母亲在北平与他重新相聚时，他正处在那样的心境中，而母亲却满怀美好的憧憬，正迈向新的生活。这时的母亲当然早已不是伦敦时代那个梳小辫子的女孩，她在各方面都已成熟。徐志摩此时对母亲的感情显然也越过了浪漫的幻想，变得沉着而深化了。

　　徐志摩是一个真挚奔放的人，他所有的老朋友都爱他，母亲当然更珍重他的感情。尽管母亲后来也说过，徐志摩的情趣中有时也露出某种俗气，她并不欣赏，但是这没有妨碍他们彼此成为知音，而且徐也一直是我父亲的挚友。母亲告诉过我们，徐志摩那首著名的小诗《偶然》是写给她的，而另一首《你去》，徐也在信中说明是为她而写的，那是他遇难前不久的事。从这前后两首有代表性的诗中，可以体会出他们感情的脉络，比之一般外面的传说，确要崇高许多。

一九三一年以后，母亲除诗以外，又陆续发表了一些小说、散文和剧本，很快就受到北方文坛的注意，并成为某些文学活动中的活跃分子。从她早期作品的风格和文笔中，可以看到徐志摩的某种影响，直到她晚年，这种影响也还依稀有着痕迹。但母亲从不属于模仿，她自己的特色愈来愈明显。母亲文学活动的另一特点，是热心于扶植比她更年轻的新人。她参加了几个文学刊物或副刊的编辑工作，总是尽量为青年人发表作品提供机会；她还热衷于同他们交谈、鼓励他们创作。她为之铺过路的青年中，有些人后来成了著名作家。关于这些，认识她的文学前辈们大概还能记得。

母亲开始写作时，已是"新月派"活动的晚期，除了徐志摩外，她同"新月派"其他人士的交往并不深。她初期的作品发表在《新月》上的也不很多。虽然她在风格上同"新月派"有不少相同的地方，但她却从不认为自己就是"新月派"，也不喜欢人家称她为"新月派诗人"。徐志摩遇难后，她与其他人的来往更少，不久，这个文学派别也就星散了。这里，还要顺带提到所谓徐志摩遗存的"日记"问题。徐生前是否曾将日记交母亲保存，我从未听母亲讲起过（这类事在我们稍长后，母亲就从不在我们姊弟面前隐讳和保密），但我确知，抗战期间当我们全家颠沛于西南诸省时，父母仅有的几件行李中是没有这份文献的。抗战之后，我家原存放在北平、天津的文物、书信等已大部分在沦陷期间丢失，少量残存中也没有此件。新中国成立初期，母亲曾自己处理过一些旧信、旧稿，其中也肯定不含此件。因此，几位权威人士关于这份"日记"最后去向的种种说法和猜测，我不知道有什么事实根据。特别是几年前一位先生在文章中说，我母亲曾亲口告诉他，徐志摩的两本日记"一直"由她保存着，不禁使我感到惊奇。不知这个"一直"是指到什么时候？我只知道，我们从小在家里从来也没有听到过母亲提起这位先生的名字。

文学上的这些最初的成就，其实并没有成为母亲当时生活的主旋律。对她后来一生的道路发生了重大影响的，是另一件事。一九三一年四月，父亲看到日本侵略势力在东北日趋猖狂，便愤然辞去了东北大学建筑系的职务，放弃了刚刚在沈阳安下的家，回到了北平，应聘来到朱启钤先生创办的一个私立学术机构，专门研究中国古建筑的"中国营造学社"，并担任了"法式部"主任，母亲也在"学社"中任"校理"。以此为发端，开始了他们的学术生涯。

当时，这个领域在我国学术界几乎还是一未经开拓的荒原。国外几部关于中国建筑史的书，还是日本学者的作品，而且语焉不详，埋没多年的我国宋代建筑家李诫（明仲）的《营造法式》，虽经朱桂老热心重印，但当父母在美国收到祖父寄去的这部古书时，这两个建筑学生却对其中术语视若"天书"，几乎完全不知所云。遍布祖国各地无数的宫殿、庙宇、塔幢、园林，中国自己还不曾根据近代的科学技术观念对它们进行过研究。它们结构上的奥秘，造型和布局上的美学原则，在世界学术界面前，还是一个未解之谜。西方学者对于欧洲古建筑的透彻研究，对每一处实例的精确记录、测绘，对于父亲和母亲来说，是一种启发和激励。留学时代，父亲就曾写信给祖父，表示要写成一部"中国宫室史"，祖父鼓励他说："这诚然是一件大事。"可见，父亲进入这个领域，并不是一次偶然的选择。

母亲爱文学，但只是一种业余爱好，往往是灵感来时才欣然命笔，更不会去"为赋新词强说愁"。然而，对于古建筑，她却和父亲一样，一开始就是当作一种近乎神圣的事业来献身的。

从一九三一到三七年，母亲作为父亲的同事和学术上的密切合作者，曾多次同父亲和其他同事们一道，在河北、山西、山东、浙江等省的广大地区进行古建筑的野外调查和实测。我国许多有价值的、成貌尚存的古代建筑，往往隐没在如今已是人迹罕至的荒郊野谷之中。当年，他们到这些地方去实地考察，常常不得不借助于原始的交通工具，甚至徒步跋涉，"餐风宿雨""艰苦简陋的生活，与寻常都市相较，至少有两世纪的分别"。然而，这也给了他们这样的长久生活于大城市中的知识分子一种难得的机会，去观察和体验偏僻农村中劳动人民艰难的生活和淳朴的作风。这种经验曾使母亲的思想感情发生了很大的震动。

作为一个古建筑学家，母亲有她独特的作风。她把科学家的缜密、史学家的哲思、文艺家的激情融于一身。从她关于古建筑的研究文章，特别是为父亲所编《清式营造则例》撰写的"绪论"中，可以看到她在这门科学上造诣之深。她并不是那种仅会发思古之幽情，感叹于"多少楼台烟雨中"的古董爱好者；但又不是一个仅仅埋头于记录尺寸和方位的建筑技师。在她眼里,古建筑不仅是技术与美的结合,而且是历史和人情的凝聚。一处半圮的古刹,常会给她以深邃的哲理和美感的启示,使她禁不住要创造出"建筑意"这么个"狂妄的"名词来和"诗情""画意"并列。好在那个时代他们还真不拘于任何"框框",使她敢于用那么奔放的文学语言,乃至嬉笑怒骂的杂文笔法来写她的学术报告。母亲在测量、绘图和系统整理资料方面的基本功不如父亲,但在融汇材料方面却充满了灵感,常会从别人所不注意的地方独见精采,发表极高明的议论。那时期,父亲的论文和调查报告大多经过她的加工过色。父亲后来常常对我们说,他文章的"眼睛"大半是母亲给"点"上去的。这一点在"文化大革命"中却使父亲吃了不少苦头。因为母亲那些"神来之笔"往往正是那些戴红袖章的狂徒们所最不能容忍的段落。

这时期的生活经验,在母亲三十年代的文学作品中有着鲜明的反映。这些作品一方面表现出一个在优越的条件下顺利地踏入社会并开始获得成功的青年人充满希望的兴奋心情,另一方面,却又显出她对自己生活意义的怀疑和探索。但这并不似当时某些对象牙之塔厌倦了而又无所归依的"螃蟹似的"文学青年的那种贫乏的彷徨,她的探求是诚实的。正如她在一封信中所说的:在她看来,真诚,即如实地表现自己确有的思想感情,是文学作品的第一要义。她的小说《九十九度中》和散文《窗子以外》,都是这种真情的流露。在远未受到革命意识熏染之前,能够这样明确地提出知识分子与劳动人民的关系问题,渴望越出那扇阻隔于两者之间的"窗子"，对于像她这样出身和经历的人来说，是很不容易的。

　　三十年代是母亲最好的年华，也是她一生中物质生活最优裕的时期，这使得她有条件充分地表现出自己多方面的爱好和才艺。除了古建筑和文学之外，她还做过装帧设计、服装设计；同父亲一道设计了北京大学的女生宿舍，为王府井"仁立地毯公司"门市部设计过民族形式的店面（可惜他们设计的装修今天被占用着这间店面的某时装公司拆掉了。名家手笔还不如廉价的铝合金装饰板。这就是时下经理们的审美标准和文化追求！）。她并单独设计了北京大学地质馆，据曹禺同志告诉我，母亲还到南开大学帮助他设计过话剧布景，那时他还是个年轻学生。母亲喜欢交朋友，她的热心和健谈是有名的，而又从不以才学傲视于年轻人或有意炫耀，因此，赢得许多忘年之交。母亲活泼好动，和亲戚朋友一道骑毛驴游香山、西山，或到久已冷落的古寺中野餐，都是她最快乐的时光。

　　母亲不爱做家务事，曾在一封信中抱怨说这些琐事使她觉得浪费了宝贵的生命，而耽误了本应做的一点对于他人、对于读者更有价值的事情。但实际上，她仍是一位热心的主妇，一个温柔的妈妈。三十年代我家坐落在北平东城北总布胡同，是一座有方砖铺地的四合院，里面有个美丽的垂花门，一株海棠，两株马缨花。中式平房中，几件从旧货店里买来的老式家具，一两尊在野外考察中拾到的残破石雕，还有无数的书，体现了父母的艺术趣味和学术追求。当年，我的姑姑、叔叔、舅舅和姨大多数还是青年学生，他们都爱这位长嫂、长姊，每逢假日，这四合院里就充满了年轻人的高谈阔论，笑语喧声，真是热闹非常。

然而，生活也并不真的那么无忧无虑。三十年代的中国政局，特别是日本侵略的威胁，给父母的精神和生活投下了浓重的阴影。一九三一年，曾在美国学习炮兵的四叔在"一·二八"事件中于淞沪前线因病亡故；"一二·九"学生运动时，我们家成了两位姑姑和她们的同学们进城游行时的接待站和避难所，"一二·一六"那一天，姑姑的朋友被宋哲元的"大刀队"破伤，半夜里血流满面地逃到我们家里急救包扎；不久，一位姑姑上了黑名单，躲到我们家，父母连夜将她打扮成"少奶奶"模样，送上开往汉口的火车，约定平安到达即发来贺电，发生意外则来唁电。他们焦急地等了三天，终于接到一个"恭贺弄璋之喜"的电报，不禁失笑，因为当时我已经三岁了。

然而，这样的生活，不久就突然地结束了。

一九三七年六月，她和父亲再次深入五台山考察，骑着骡子在荒凉的山道上颠簸，去寻访一处曾见诸敦煌壁画，却久已湮没无闻的古庙——佛光寺。七月初，他们居然在一个偏僻的山村外面找到它，并确证其大殿仍是建于唐代后期（公元八五七年）的原构，也就是当时所知我国尚存的最古老的木构建筑物（新中国成立后，在同一地区曾发现了另一座很小的庙宇，比佛光寺早七十多年）。这一发现在中国建筑史和他们个人的学术生活中的意义，当然是非同小可的。直到许多年以后，母亲还常向我们谈起当时他们的兴奋心情，讲他们怎样攀上大殿的天花板，在无数蝙蝠扇起的千年尘埃和无孔不入的臭虫堆中摸索着测量，母亲又怎样凭她的一双远视眼，突然发现了大梁下面一行隐隐约约的字迹，就是这些字，成了建筑年代的确凿证据。而对谦逊地隐在大殿角落中本庙施主"女弟子宁公遇"端庄美丽的塑像，母亲更怀有一种近乎崇敬的感情。她曾说，当时恨不能也为自己塑一尊像，让"女弟子林徽因"永远陪伴这位虔诚的唐朝妇女，在肃穆中再盘腿坐上他一千年！

可惜这竟是他们战前事业的最后一个高潮。七月中旬，当他们从深山中走出时，等着他们的，却是卢沟桥事变的消息！

战争对于父母来说意味着什么，他们当时也许想得不很具体，但对于需要做出的牺牲，他们是有所准备的。这点，在母亲一九三七年八月回到北平后给正在北戴河随亲戚度假的八岁的姐姐写的一封（奇迹般地保存了下来的）信里，表达得十分明确。母亲教育姐姐，要勇敢，并告诉她，爸爸妈妈"不怕打仗，更不怕日本人"，因此，她也要"什么都顶有决心才好"。就这样，他们在日军占领北平前夕，抛下了那安逸的生活、舒适的四合院，带着外婆和我们姐弟，几只皮箱，两个铺盖卷，同一批北大、清华的教授们一道，毅然地奔向了那陌生的西南"大后方"，开始了战时半流亡的生活。

昆明

这确是一次历尽艰辛的"逃难"。

一九三七年十一月，我们在长沙首次接受了战争的洗礼。九死一生地逃过了日寇对长沙的第一次轰炸。那情景，在萧乾先生写的《一代才女林徽因》中，曾引用母亲自己的信，做了详尽的描述。

紧接着，在我们从长沙迁往昆明途中，母亲又在湘黔交界的晃县患肺炎病倒。我至今仍依稀记得，那一晚，在雨雪交加中，父亲怎样抱着我们，搀着高烧四十度的母亲，在那只有一条满是泥泞的街道的小县城里，到处寻找客店。最后幸亏遇上一批也是过路的空军航校学员，才匀了一个房间让母亲躺下。这也是战争期间我们家同那些飞行员之间特殊的友谊的开始。旅途中的这次重病对母亲的健康造成了严重损害，埋下了几年后她肺病再次复发的祸根。

一九三八年一月份，我们终于到达了昆明。在这数千公里的逃难中，做出最大牺牲的是母亲。

三年的昆明生活，是母亲短短一生中作为健康人的最后一个时期。在这里，她开始尝到了战时大后方知识分子生活的艰辛。父亲年轻时车祸受伤的后遗症时时发作，脊椎痛得常不能坐立。母亲也不得不卷起袖子买菜、做饭、洗衣。

然而，母亲的文学、艺术家气质并没有因此而改变。昆明这高原春城绮丽的景色一下子就深深地吸引了她。记得她曾写过几首诗来吟咏那"荒唐的好风景",一首题为《三月昆明》,可惜诗稿已经找不到了。还有两首《茶铺》和《小楼》,在《林徽因诗集》出版时尚未找到,最近却蒙邵燕祥先生从他保留的旧报上找出(披露在甘肃《女作家》一九八五年第四期上)。

大约是在一九三九年冬,由于敌机对昆明的轰炸愈来愈频繁,我们家从城里又迁到了市郊,先是借住在麦地村一所已没有了尼姑的尼姑庵里,院里还常有虔诚的农妇来对着已改为营造学社办公室的娘娘殿烧香还愿。后来,父亲在龙头村一块借来的地皮上请人用未烧制的土坯砖盖了三间小屋。而这竟是两位建筑师一生中为自己设计建造的唯一一所房子。

离我们家不远,在一条水渠那边,有一个烧制陶器的小村——瓦窑村。母亲经常爱到那半原始的作坊里去看老师傅做陶坯,常常一看就是几个小时。然后沿着长着高高的桉树的长堤,在黄昏中慢慢走回家。她对工艺美术历来十分倾心,我还记得她后来常说起,那老工人的手下曾变化出过多少奇妙的造型,可惜变来变去,最后不是成为瓦盆,就是变作痰盂!(按:很可以想象林徽因惟妙惟肖描述的样子。)

前面曾提到,母亲在昆明时还有一批特别的朋友,就是在晃县与我们邂逅的那些空军航校学员,这是一批抗战前夕沿海大城市中投笔从戎的爱国青年,后来大多数家乡沦陷。在昆明时,每当休息日,他们总爱到我们家来,把母亲当作长姐,对她诉说自己的乡愁和种种苦闷。他们学成时,父亲和母亲曾被邀请做他们全期(第七期)的"名誉家长"出席毕业典礼。但是,政府却只用一些破破烂烂的老式飞机来装备自己的空军，抗战没有结束，他们十来人便全都在一次次与日寇力量悬殊的空战中牺牲了，没有一人幸存！有些死得十分壮烈。因为多数人家在敌占区，他们阵亡后，私人遗物便被寄到我们家里。每一次母亲都要哭一场。

重回北平

母亲爱北平。她最美好的青春年华都是在这里度过的。她早年的诗歌、文学作品和学术文章，无一不同北平血肉相关。九年的颠沛生活，吞噬了她的青春和健康。如今，她回来了，像个残废人似的贪婪地要重访每一处故地，渴望再次串起记忆里那断了线的珍珠。然而，日寇多年的蹂躏，北平也残破、苍老了，虽然古老的城墙下仍是那护城河，蓝天上依旧有白鸽掠过，但母亲知道，生活之水不会倒流，十年前的北平同十年前的自己一样，已经一去不复返了。

胜利后在北平，母亲的生活有了新的内容。父亲应聘筹建清华大学建筑系，但不久他即到美国去讲学。开办新系的许多工作暂时都落到了母亲这个没有任何名义的病人身上。她几乎就在病床上，为创立建筑系做了大量组织工作，同青年教师们建立了亲密的同事情谊，热心地在学术思想上同他们进行了许多毫无保留的探讨和交流。同时，她也交结了复员后清华、北大的许多文学、外语方面的中青年教师，经常兴致勃勃地同他们在广阔的学术领域中进行讨论。从汉武帝到杨小楼，从曼斯斐尔到澳尔夫，她都有浓厚的兴趣和自己的见解。

但是，这几年里，疾病仍在无情地侵蚀着她的生命，肉体正在一步步地辜负着她的精神。她不得不过一种双重的生活：白天，她会见同事、朋友和学生（按：林洙就是在这段时间内，作为梁林夫妇多年学生助手程应铨的未婚妻，走入他们的世界的），谈工作、谈建筑、谈文学……有时兴高采烈，滔滔不绝，以至自己和别人都忘记了她是个重病人；可是，到了夜里，却又往往整晚不停地咳喘，在床上辗转呻吟，半夜里一次次地吃药、喝水、咯痰……夜深人静，当她这样孤身承受病痛的折磨时，再没有人能帮助她。她是那样地孤单和无望，有着难以诉说的凄苦。往往愈是这样，她白天就愈显得兴奋，似乎是想攫取某种精神上的补偿。四七年前后她的几首病中小诗，对这种难堪的心境作了描述。尽管那调子低沉阴郁得叫人不忍卒读，却把"悲"的美学内涵表达得尽情、贴切。

一九四七年冬，结核菌侵入了她的一个肾，必须动大手术切除。母亲带着渺茫的希望入了医院。手术虽然成功了，但她的整个健康状况却又恶化了一大步，因为体质太弱，伤口几个月才勉强愈合。

一九四八年的北平，在残破和冷落中期待着。有人来劝父亲和母亲"南迁"、出国，却得不到他们的响应。抗战后期，一位老友全家去了美国，这时有人曾说："某公是不会回来的了。"母亲却正色厉声地说："某公一定回来！"这不仅反映了她对朋友的了解，也反映了她自己的心声。那位教授果然在新中国成立前不久举家回到了清华园。

一九四八年十二月十三日晚上，清华园北面彻夜响起枪炮声。母亲和父亲当时还不知道，这炮击正在预告着包括他们自己在内的中国人民的生活即将掀开新的一页。

解放军包围北平近两个月，守军龟缩城内，清华园门口张贴了解放军四野十三兵团政治部的布告，要求全体军民对这座最高学府严加保护，不得入内骚扰。同时，从北面开来的民工却源源经过清华校园，把云梯、杉槁等攻城器材往城郊方向运去。看来，一场攻坚战落在北平城头已难以避免。忧心忡忡的父亲每天站在门口往南眺望，谛听着远处隐隐的炮声，常常自言自语地说："这下子完了，全都要完了！"他担心的，不只是城里亲友和数十万百姓的安危，而且还有他和母亲的第二生命——这整座珍贵的古城。中国历史上哪里有那样的军队，打仗还惦记着保护文物古迹？

然而，他们没有想到，当时中国真还有一支这样的军队！就在四八年年底，几位头戴大皮帽子的解放军干部坐着吉普来到我们家，向父亲请教一旦被迫攻城时，哪些文物必须设法保护，要父亲把城里最重要的文物古迹一一标在他们带来的军用地图上……父亲和母亲激动了。"这样的党、这样的军队，值得信赖，值得拥护！"从这件事里，他们朴素地得出了这样一个结论。直到他们各自生命结束，对此始终深信不疑。

解放

解放了。

母亲的病没有起色，但她的精神状态和生活方式，却发生了重大的变化。新中国成立初期，姐姐参军南下，我进入大学，都不在家。对于母亲那几年的日常生活和工作，我没有细致的了解。只记得她和父亲突然忙了起来，家里常常来一些新的客人，兴奋地同他们讨论着、筹划着……过去，他们的活动大半限于营造学社和清华建筑系，限于学术圈子，而现在，新政权突然给了他们机会，来参与具有重大社会、政治意义的实际建设工作，特别是请他们参加并指导北京全市的规划工作。这是新中国成立前做梦也想不到的事。作为建筑师，他们猛然感到实现宏伟抱负，把才能献给祖国、献给人民的时代奇迹般地到来了。对这一切，母亲同父亲一样，兴奋极了。她以主人翁式的激情，恨不能把过去在建筑、文物、美术、教育等等许多领域中积累的知识和多少年的抱负、理想，在一个早晨统统加以实现。只有四十六岁的母亲，病情再重也压不住她那突然迸发出来的工作热情。

母亲有过强烈的解放感。因为新社会确实解放了她，给了她一个前所未有的、新的、崇高的社会地位。在旧时代，她虽然也在大学教过书，写过诗，发表过学术文章，也颇有一点名气，但始终只不过是"梁思成太太"，而没有完全独立的社会身分。现在，她被正式聘为清华大学建筑系的一级教授、北京市都市计划委员会委员、人民英雄纪念碑建筑委员会委员，她还当选为北京市第一届人民代表大会代表、全国文代会代表……她真正是以林徽因自己的身分来担任社会职务，来为人民服务了。这不能不使她对新的政权、新的社会产生感激之情。"士为知己者死"，她当然要鞠躬尽瘁。

那几年，母亲做的事情很多，我并不全都清楚，但有几件我是多少记得的。

一九五〇年，以父亲为首的一个清华建筑系教师小组，参加了国徽图案的设计工作，母亲是其中一个活跃的成员。为自己的国家设计国徽，这也许是一个美术家所能遇到的最激动人心的课题了。在中国历史上，这也可能是一次空前绝后的机会。她和父亲当时都决心使我们的国徽具有最鲜明的民族特征，不仅要表现革命的内容，还要体现出我们这文明古国悠久的文化传统。他们曾担心：有人会主张像某些东欧"兄弟国家"那样，来一个苏联"老大哥"国徽的"中国版"。在最初的构思中，他们曾设想过以环形的璧，这种中国古老的形式作为基本图案，以象征团结、丰裕与和平。现在的这个图案，是后来经过多次演变、修改之后才成型的。一九五〇年六月全国政协讨论国徽图案的大会，母亲曾以设计小组代表的身分列席，亲眼看到全体委员是怎样在毛主席的提议下，起立通过了国徽图案的。为了这个设计，母亲做了很大贡献，在设计过程中，许多新的构思都是她首先提出并勾画成草图的，她也曾多次亲自带着图版，扶病乘车到中南海，向政府领导人汇报、讲解、听取他们的意见……正因为这样，她才会在毛主席宣布国徽图案已经通过时，激动地落了泪。

新中国成立初期她所热心从事的另一件工作，是倡导某些北京传统手工艺品的设计改革。当时有人来向她呼吁，要挽救当时已濒于停顿、失传的北京景泰蓝、烧瓷等手工业。她对这件事给予了极大的关注，曾和几位年轻的工艺美术工作者一道，亲自到工场、作坊中去了解景泰蓝等的制作工艺，观看老工人的实际操作。然后她又根据这些工艺特点，亲自设计了一批新的构思简洁、色调明快的民族形式图案，还亲自到作坊里去指导工人烧制样品。在这个过程中，她还为工艺美院带出了两名研究生。可惜的是，她的试验在当时的景泰蓝等行业中未能推开，她的设计被采纳的不多，市面上的景泰蓝仍维持着原来那种陈旧的图案。

城墙与屋顶

她的主张不邀时赏的，并不仅是这一件。

现在，当我每天早上夹在车和人的洪流中，急着要从阻塞的大街上挤一条路赶去上班的时候，常常不由得回想起五十年代初期，母亲和父亲一道，为了保存古城北京的原貌，为了建设一个他们理想中的现代化的首都而进行的那一场徒劳的斗争。

他们在美国留学的时代，城市规划在资本主义世界还是一种难以实现的理想。他们曾经看到，在私有制度之下，所谓城市规划，最后只能屈从于房地产资本家的意志，建筑师们科学的见解、美妙的构思，最后都湮没在现代都市千奇百怪、杂乱无章的建筑物之中。因此，当新中国成立初期，他们参加了为北京市做远景规划的工作时，心情是极为兴奋的。他们曾经认为，只有在社会主义制度下，当城市的一切土地都是公有的，一切建筑活动都要服从统一的计划时，真正科学、合理的城市规划才有可能实现。

对于北京的规划，他们的基本观点是：第一，北京是一座有着八百多年历史，而近五百年来其原貌基本保存完好的文化古城，这在全世界也是绝无仅有的。北京的原貌本身就是历代劳动人民留给我们的无价珍宝。而它又是一座"活的"城市，现代人仍然生活于其中，仍在使用和发展着它。但现代人只负有维护古都原貌，使之传诸久远的义务，而没有"除旧布新"，为了眼前的方便而使珍贵古迹易容湮灭的权利。第二，他们认为，原北京城的整个布局，是作为封建帝都，为满足当时那样的需要而安排的，它当然不能满足一个现代国家首都在功能上的要求。而如果只着眼于对旧城的改建，也难以成功。他们根据国外许多历史名城被毁的教训，预见到如果对北京城"就地改造"，把大量现代高层建筑硬塞进这古城的框框，勉强使它适应现代首都的需要，结果一定是两败俱伤：现代需要既不能充分满足，古城也将面目全非，弄得不伦不类，其弊端不胜枚举。然而，这些意见却遭到了来自上面的批驳。于是，他们只好眼睁睁地看着北京城一步步地重蹈国外那些古城的命运。那些"妨碍"着现代建设的古老建筑物，一座座被铲除了，一处处富有民族特色的优美的王府和充满北京风味的四合院被拆平了，而一幢幢现代建筑，又"中心开花"地在古城中冒了出来。继金水桥前三座门、正阳门牌楼、东西四牌楼、北海"金鳌玉蝀"桥等等被拆除之后，推土机又兵临"城"下，五百年古城墙，包括那被多少诗人画家看作北京象征的角楼和城门，全被判了极刑。母亲几乎急疯了。她到处大声疾呼、苦苦哀求，甚至到了声泪俱下的程度。她和父亲深知，这城墙一旦被毁，就永远不能恢复，于是再三恳请下命令的人高抬贵手，刀下留城，从长计议。

然而，得到的回答却是：城墙是封建帝王镇压人民对抗农民起义的象征，是"套在社会主义首都脖子上"的一条"锁链"，一定要推倒！又有人动员三轮车（如此落后的交通工具！）工人在人民代表大会上"控诉"城门、牌楼等等如何阻碍交通、酿成车祸，说什么"城墙欠下了血债！"。

于是母亲和父亲又提出了修建"城上公园"、多开城门的设想，建议在环城近四十公里的宽阔城墙上面种花植草，放置凉棚长椅，利用城门楼开办展览厅、阅览室、冷饮店，为市区居民开辟一个文化休息的好去处，变"废"为利。然而，据理的争辩也罢，激烈的抗议也罢，苦苦的哀求也罢，统统无济于事。母亲曾在绝望中问道：为什么经历了几百年沧桑，解放前夕还能从炮口下抢救出来的稀世古城，在新中国的和平建设中反而要被毁弃呢？为什么我们在博物馆的玻璃橱里那么精心地保存起几块出土的残砖碎瓦，同时却又要亲手去把保存完好的世界唯一的这处雄伟古建筑拆得片瓦不留呢？

说起母亲和父亲对待古建筑的立场，我便不能不提到对于"大屋顶"的批判问题，这个批判运动虽然是在母亲去世之后，针对父亲的建筑思想开展的，但这种建筑思想历来是他们所共有的，而且那批判的端倪也早已见于解放之初。这表面上虽是由经济问题引出来的，但实质上却是新中国的新建筑要不要继承民族传统，创造出现代的民族形式的问题。对于这个重大课题，母亲和父亲出于他们自幼就怀有的深厚的爱国主义感情，早在留学时期便已开始探索。他们始终认为，现代建筑的材料与结构原则，完全有可能与中国古代建筑的传统结构有机地结合起来，从而创出一种新的，富有中国气派的民族风格。他们经过反覆思考，明确否定了几十年来风行于世界各地的"玻璃盒子"式，或所谓"国际式"的建筑，认为它们抹杀了一切民族特征，把所有的城市变得千城一面；他们也反对复古主义，反对造"假古董"。早在三十年代初，母亲在为《清式营造则例》所写的"绪论"中，就已经告诫建筑家们"虽需要明了过去的传统规矩，却不要盲从则例，束缚自己的创造力"。但是在民生凋敝的旧中国，他们一直缺乏实践机会。这方面的摸索，直到新中国成立后才有可能开始。母亲确曾说过，屋顶是中国建筑最具特色的部分，但他们并没有把民族形式简单地归结为"大屋顶"。五十年代前期各地出现的建"大屋顶"之风，是对民族形式的一种简单的模式化理解，或者说是一种误解或曲解，绝不符合父亲和母亲的真正主张。而且当时那种一哄而起，到处盖房子都要搞个大屋顶的做法，正是四十多年来我们在各个领域都屡见不鲜的一哄而起和攀比作风的早期表现，是不能完全由父亲和母亲这样的学者来负责的。五十年代前期，在追求所谓"民族形式"的浪潮中出现的不少建筑，的确不仅在经济上，而且在建筑艺术上都很难说是成功的，然而当时那些不由分说的批判，确实曾深深地伤害了他们从爱国主义立场出发的，科学上和艺术上的探索精神，把他们终身遵循的学术信念和审美原则一下子说得一钱不值，大谬不然，这不能不使他们（母亲去世后，主要是父亲）感到极大的惶惑。继对电影《武训传》的批判之后，对"大屋顶"的批判，在以简单粗暴方式对待学术思想问题方面，也在知识界中开了一个极坏的先例。母亲去世很早，没有来得及看到在批判"大屋顶"的同时北京冒出来的那一批俄罗斯式的"尖屋顶"，更没有看到后来会有这么多他们所最恼火的"国际式"高层玻璃盒子，有些上面还顶着个会转圈的"罐头盒屋顶"，以"锷未残"之势，刺破着碧空下古城原有的和谐的建筑天际线；也没有看到在被拆毁的古城墙遗址边上，又长出了那么一排排玻璃与水泥构筑的灰黯的"新式城墙"，否则，她定会觉得自己作为建筑家而未能尽到对历史的责任，那种痛苦我是完全可以想象的。

尽瘁

　　在新中国成立初期那些年紧张的实际工作中，母亲也没有放松过在古建筑方面的学术研究。其中最重要的一项，就是她和父亲以及莫宗江教授一道，在初步学习了马克思主义的理论之后，将他们多年来对中国建筑发展史的基本观点，做了一次全面的检讨，并在此基础上写出了《中国建筑发展的历史阶段》这篇长文（载一九五四年第二期《建筑学报》），第一次尝试着以历史唯物主义作为指导思想，重新回顾从远古直到现代中国建筑发展的整个历程，开始为他们的研究工作探求一个更加科学的理论基础。

在那几年里，母亲还为建筑系研究生开过住宅设计和建筑史方面的专题讲座，每当学生来访，就在床褥之间，"以振奋的心情尽情地为学生讲解，古往今来，对比中外，谑语雄谈，敏思遐想，使初学者思想顿感开扩。学生走后，常气力不支，卧床喘息而不能吐一言"（吴良镛、刘小石：《梁思成文集·序》）。这里我想特别指出，母亲在建筑和美术方面治学态度是十分严谨的，对工作的要求也十分细致严格，而绝没有那种大而化之的"顾问"作风。这里，我手头有两页她的残留信稿，可以作为这方面的一个例证。为了不使我的这份记述成为空洞的评议，这里也只好用一点篇幅来引录信的原文，也可以算是她这部文集的一个"补遗"吧。一九五三年前后，由北京文物整理委员会编，人民美术出版社出版的《中国建筑彩画图案》，请她审稿并作"序"，她对其中彩图的效果很不满意，写信提出了批评，其最后几段如下：

（四）青绿的双调和各彩色在应用上改动的结果，在全梁彩色组合上，把主要的对比搅乱了。如将那天你社留给我的那张印好的彩画样干，同清宫中大和门中梁上彩画（庚子年日军侵入北京时，由东京帝国大学建筑专家所测绘的一图，两者正是同一规格）详细核对，比照着一起看时，问题就很明显。原来的构图是以较黯的青绿为两端箍头藻头的主调，来衬托第一条梁中段以朱为地，以彩色"吉祥草"为纹样的枋心，和第二条梁靠近枋心的左右红地吉祥草的两段藻头。两层梁架上就只出三块红色的主题，当中再隔开一块长而细的红色垫版，全梁青、绿和朱的对比就清清楚楚，明明白白，一点也不乱。

从花纹的比例上看，原来的纹样细密如锦，给人的感觉非常安静，不像这次所印的那样浑圆粗大，被金和白搅得热闹嘈杂，在效果上有异常不同的表现。青绿两色都是中国的矿质颜料，它们调和相处，不黯也不跳；白色略带蜜黄，不太宽，也不突出。在另外一张彩画上看到，原是细致如少数民族边饰织纹的箍头两旁纹样，在比例上也被你们那里的艺人们在插图时放大了。总而言之，那张印样确是"走了样"的"和玺椀花结带"，与太和门中梁上同一格式的彩画相比，变得五彩缤纷，宾主不分，八仙过海，各显其能，聒噪喧腾，一片热闹而不知所云。从艺术效果上说，确是个失败的例子。

从这段信中，不仅可以看出她对自己的专业的钻研是怎样地深入细致，而且还可以看到，她在用语言准确而生动地表述形象和色彩方面，有着多么独到的功夫。

母亲在生命的最后时刻所参与的另一项重要工作，是人民英雄纪念碑的设计和建造。这里，她和父亲一道，也曾为坚持民族形式问题做过一番艰苦的斗争，当时他们最担心的，是天安门前建筑群的和谐，会被某种从苏联"老大哥"那里抄得来的青铜骑士之类的雕像破坏掉。母亲在"碑建会"里，不是动口不动手的顾问，而是实干者。五三年三月她在给父亲的信中写道：

"我的工作现时限制在碑建会设计小组的问题上，有时是把几个有限的人力拉在一起组织一下，分配一下工作，做技术方面的讨论，如云纹，如碑的顶部；有时是讨论应如何集体向上级反映一些具体意见，做一两种重要建议。今天就是刚开了一次会，有某某等连我六人前天已开过一次，拟了一信稿呈郑主任和薛秘书长的，今天将所拟稿带来又修正了一次，今晚抄出大家签名明天发出，主要要求：立即通知施工组停扎钢筋；美工合组事虽定了尚未开始，所以趁此时再要求增加技术人员加强设计实力，第三，反映我们认为去掉大台对设计有利（原方案碑座为一高台，里面可容陈列室及附属设施——梁注），可能将塑型改善，而减掉复杂性质的陈列室和厕所设备等等，使碑的思想性明确单纯许多。……"除了组织工作，母亲自己又亲自为碑座和碑身设计了全套饰纹，特别是底座上的一系列花圈。为了这个设计，她曾对世界各地区、各时代的花草图案进行过反复对照、研究，对笔下的每一朵花、每一片叶，都描画过几十次、上百次。我还记得那两年里，我每次回家都可以看到她床边的几乎每一个纸片上，都有她灵感突来时所匆匆勾下的某个图形，就像音乐家们匆匆记下的几个音符、一句旋律。

然而，对于母亲来说，这竟是一支未能完成的乐曲。

从五四年入秋以后，她的病情开始急剧恶化，完全不能工作了。每天都在床上艰难地咳着、喘着，常常整夜地不能入睡。她的眼睛虽仍然那样深邃，但眼窝却深深地陷了下去，全身瘦得叫人害怕，脸上见不到一点血色。

大约在五五年初，父亲得了重病入院，紧接着母亲也住进了他隔壁的病房。父亲病势稍有好转后，每天都到母亲房中陪伴她，但母亲衰弱得已难于讲话。三月三十一日深夜，母亲忽然用微弱的声音对护士说，她要见一见父亲。护士回答：夜深了，有话明天再谈吧。然而，年仅五十一岁的母亲已经没有力气等待了，就在第二天黎明到来之前，悄然地离开了人间。那最后的几句话，竟没有机会说出。

北京市人民政府把母亲安葬在八宝山革命烈士公墓，纪念碑建筑委员会决定，把她亲手设计的一方汉白玉花圈刻样移做她的墓碑，墓体则由父亲亲自设计，以最朴实、简洁的造型，体现了他们一生追求的民族形式。

十年浩劫中，清华红卫兵也没有放过她。"建筑师林徽因之墓"几个字被他们砸掉了，至今没有恢复。作为她的后代，我们想，也许就让它作为一座无名者的墓留在那里更好？

母亲的一生中，有过一些神采飞扬的时刻，但总的说来，艰辛却多于顺利。她那过人的才华施展的机会十分短暂，从而使她的成就与能力似不相称。那原因自然不在于她自己。

在现代中国的文化界里，母亲也许可以算得上是一位多少带有一些"文艺复兴色彩"的人，即把多方面的知识与才能——文艺的和科学的、人文学科和工程技术的、东方和西方的、古代和现代的——汇集于一身，并且不限于通常人们所说的"修养"。

而是在许多领域都能达到一般专业者难以企及的高度。同时，所有这些在她那里都已自然地融会贯通，被她娴熟自如地运用于解决各式各样的问题，得心应手而绝无矫揉的痕迹。不少了解她的同行们，不论是建筑界、美术界还是文学界，包括一些外国朋友，在这一点上对她都是钦佩不已的。

谈起外国朋友，那么还应当提到，母亲在英文方面的修养也是她多才多艺的一个突出表现。美国学者费正清夫妇一九七九年来访时曾对我说："你妈妈的英文，常常使我们这些以英语为母语的人都感到羡慕。"父亲所写的英文本《图像中国建筑史》的"前言"部分，就大半出自母亲的手笔。我记得五十年代初她还试图用英文为汉武帝写一个传，而且已经开了头，但后来大概是一个未能完成的项目。

总之，母亲这样一个人的出现，也可以算是现代中国文化界的一种现象。一九五八年一些人在批判"大屋顶"时，曾经挖苦地说："梁思成学贯中西，博古通今……古文好，洋文也好，又古又洋，所谓修养，既能争论魏风唐味，又会鉴赏抽象立体……"这些话，当然也适用于"批判"母亲，如果不嫌其太"轻"了一点的话。二十世纪前期，在中西文明的冲突和交会中，在中国确实产生了相当一批在不同领域中"学贯中西、博古通今"，多少称得上是"文艺复兴式"的人物。他们是中国文化在特定历史条件下的产物。他们的成就，不仅光大了中国的传统文明，也无愧于当时的世界水平。这种人物的出现，难道不是值得我们中国人骄傲的事？在我们中华文明重建的时候，难道不是只嫌这样的知识分子太少又太少了吗？对他们的"批判"，本身就表示着文化的倒退。那结果，只能换来几代人的闭塞与无知。

…………

一九五五年，在母亲的追悼会上，她的两个几十年的挚友——哲学教授金岳霖和邓以蛰联名给她写了一副挽联：

一身诗意千寻瀑，

万古人间四月天。

父亲曾告诉我，《你是人间的四月天》这首诗是母亲在我出生后的喜悦中为我而作的。无论怎样，今天，我要把这"一句爱的赞颂"重新奉献给她自己。愿她倏然一生的追求和成就，能够通过这本文集，化作中国读书人的共同财富，如四月春风，常驻人间！

我的双亲：
梁实秋与程季淑

梁文蔷

"季淑，我们下辈子还做夫妻，好不好？"

"好，可是下辈子我做夫，你做妻才行。"妈说。

爸爸答应了。

　　与心爱的人别离是最最令人悲伤的事，尤其是不知何年何月再能重逢，甚至不知生离是否就是死别。

　　我和妈妈爸爸一生聚时少，离时多。每次不管是阔别暂别，被迫的，还是计划中的，在离别前夕及在视野中失去他们的那一刹那，都是苦涩的，甚至是剧痛的。爸爸在《送行》一文中说："离别的那一刹那像是开刀……最好避免。"但是人生如是，聚散无常。有生离之悲，始有重聚之欢。人的情感如坐上儿童乐园的滑车，忽上忽下，往往不由自主。也许在别离的苦涩中更能体验真情。我只能作如是想。

我第一次体验与爸妈离别的剧痛是在我十二岁时。我们住在四川北碚雅舍。我和姐哥三人都考进了南开中学。在秋天开学时，爸爸借得汽车一辆，停在半山腰的公路上。我们把行李都装了进去，眼看就到了话别的时刻。我那时多么希望能再拖延片刻，我不敢抬头看妈爸，也不敢说话，因为一张嘴就会哭出来。这一去就是半年，去的地方是完全陌生的，以后就全靠通信维持联系，电话在那穷乡僻壤的后方是不存在的。我想妈爸一定也舍不得离开我们，他们的眼睛是不是也湿润了，我不知道。汽车开动时，我脸转向山下的梯田，连再见都没说一声。汽车走远了，我回头，看妈爸的身影消失在一阵浓浓的黄色尘埃中。到了沙坪坝南开中学，住进宿舍。周末同学多半欢天喜地地回家去了，我班上只有我和另外一个同学留守空空的宿舍。那份凄凉对一个十二岁小女孩来说真是无法承当。每天走过传达室看信是一天生活的高潮。大概就在那时吧，我种下了爱给妈爸写信的种子。以后，离开他们到美国上学定居的三十年中，我一直保持至少每周一信的纪录。

今生与妈妈别离得最惨也最戏剧化的一次，莫过于一九四八年年底平津的一别。当时形势不稳，爸爸带领我与哥哥二人先自平赴津，争取时间，抢购船票，搭船赴穗。妈妈留在北平料理三姑之房产，拟次日去津与我们会合同行。不料当晚铁路中断，我们父子三人进退维谷。妈妈急电，嘱应立刻南下，不要迟疑，只需将属于妈妈的箱子留存天津。我没有机会与妈话别，颓然倒在床上号啕大哭。我记得爸爸也慌了手脚，暴躁如雷。第二日，我们三人上了湖北轮，开始了十六日的漂泊。

湖北轮抵港后，我们三人转赴广州。得知妈妈已自北平城内东长安街乘专机起飞抵沪，不禁雀跃。不日，妈妈搭船赴穗，一家人又得团聚。后迁台定居，妈妈每逢寻物不得，必叹谓在天津箱子中，日久，我们竟以此为谑。

与妈爸分别使我悲喜交加的一次是一九五八年三月十六日我离台赴美上学。主动阔别妈爸这是第一次。我那时已二十六岁。心里明白这一走大概永远不会回家和妈爸同住了。我记得临走前妈妈一直兴致勃勃地为我准备行囊、赶做新装，如同嫁女儿一般。启程日，有许多朋友送行，很热闹，没时间哭。但我上飞机就哭个没完了。妈爸回到那空空的家也不是滋味。爸爸在我走后给我的第一封信中说："……预料最近的将来家里不至于寂寞，因为走了一个女儿，来了好多儿女，都说是要为老太太解闷。"我衷心感激那些朋友们。

但是朋友能为妈妈做的到底有限，我长久离家使妈妈情绪抑郁，无法排遣。空巢并发症使原本不甚硬朗的身子更加多病。我为此心理负担很大，妈妈一生是为了爸爸和我们三个孩子活着的。在她晚年最需要我时，我却离她扬长而去，每周一信和偶然的包裹怎能替代晨昏在侧？妈妈为了奉养外婆，在抗战时忍耐了与爸爸分离六年之苦。我为妈妈做了什么，安慰她空虚的心灵？"子曰：父母在，不远游，游必有方。"我倒是有方，只不过比无方略胜一筹罢了。

一九六七年，经我怂恿，我的先生邱士燡接受亚洲协会之聘，返台任经合会顾问。行前数月即与妈爸在信中一来一往地商议这件大事。据爸爸在来信中报告："妈妈现在忙着给你们做准备，像是预备嫁妆似的，连扫帚畚箕卫生纸都不能遗漏。……我们这次团聚是一大喜事。……余心滋乐。"妈妈也喜不自禁地写道："……真是幸运得很，我每想到我六十六岁不易过去，不能见到你们了，不料你们有机会来台服务，真是天大的喜事。……"妈妈因健康一直很坏，对自己寿命没有信心，竟会相信"六十六，不死掉块肉"的说法。我们的返台使妈妈非常忙碌和兴奋。多年后，我问妈妈她一生中哪一年最快乐。她答："你们回台的那一年。"离别的痛苦和团聚的喜悦是成正比的。

一九七四年四月三十日上午，我正在美国西雅图执教的教室中授课，突闻电话铃响。我授课时一向不接电话，但这次我有预感，觉得应该接，我向学生示意稍候，走入隔室，拾起电话。听筒中传来爸爸急促的声音："文蔷，你快来！妈妈被梯子打倒受伤了。我们在等救护车。我们要到哪家医院我也不知道。我一到医院就给你再打电话……"话犹未了，我在听筒中已听到救护车凄厉的警笛由远而近。爸爸匆匆挂了电话。我像是被电打了，木然走回教室，面对全班学生。我没开口，学生已知发生了事情。

全班学生鸦雀无声，一动不动地静静地看着我。我慢慢地告诉了学生妈妈受伤的消息，决定在下次电话来之前继续上课。我想我的声音在颤抖了，学生劝我立刻下课静候电话，准备离校。

不久，电话来了，爸爸告诉我妈妈已被运往华大医院急救室，我赶到医院时，急救工作已完。妈妈伤势不轻，要动大手术开刀。开刀房全被占用，要等数小时之久。这期间，妈妈以无比的忍耐力克制自己。她没抱怨，没呻吟。我不时用湿纸擦拭妈妈干燥的唇舌，因大夫不准喝水。妈妈这时似乎已知不可避免的事即将来临，对爸爸说："你不要着急，你要好好照料自己。"我们最后送她到手术房门口，因语言隔阂，麻醉师请妈妈笑一下（多年后，始知大夫请妈妈笑一下，是看她是否脑部受伤的一种诊治手段。当时我没明白，觉得这个要求很奇怪）。我很吃惊，妈妈居然做出笑容。我为妈妈叫屈："妈，您为什么总是为别人活着？"这是我看到妈妈清醒时的最后一瞥。妈妈含笑而去。

手术后，我和爸爸在加护病房外等候，直到夜里十一时，护士来通知我，妈妈已不治。那时我离爸爸约有十米之隔。我望着他，一位疲惫不堪的老人，坐在椅子上，静待命运之摆布。他的神情是那样的无助可怜！我慢慢地走过去。我知道我的责任，但是我无法启齿。爸爸用眼睛问话了。我张开了嘴，没声音出来。爸爸明白了。爸爸开始啜泣，浑身发抖。我看着他，心痛如绞。

五月四日，我们陪伴妈妈走完她最后的旅程，安葬妈妈于西雅图优美的"槐园"。

妈妈没有遗嘱。对我也没有遗言。妈妈的突然离去，对我是当头棒喝，使我清醒。

　　妈爸在一起的晚年生活，的确是十分甜蜜的。有一次，我看到妈爸坐在汽车后座。两人手拉手，如同情侣。这是难得一见的。妈爸在子女面前时从不用这种方式表达情感的。妈妈去世后，爸爸痛不欲生，每日以泪洗面。不久即着手撰写《槐园梦忆》。在书桌上方自悬一警句"加紧写作以慰亡妻在天之灵"，真是惨不忍睹。是年十月我劝爸爸回台访友，换换环境，或可略舒心境。爸凄然就道，从此开始奔走于台北与西雅图之间。每年我去机场迎接他回家时的快乐和兴奋是难以形容的。我从没忘记给他书桌上放一束鲜花，还把我儿君迈幼时为他做的有"欢迎回家"字样的木牌挂起来。一天，爸爸指着这块木牌说："不要摘去，就永远挂在这儿好了。"

　　妈妈故后，爸爸常对我说，他与妈妈的感情生活，和妈去世前他们的谈话。一天，他们在讨论生死轮回之说，爸爸说：

　　"季淑，我们下辈子还做夫妻，好不好？"

　　"好，可是下辈子我做夫，你做妻才行。"妈说。

　　爸爸答应了。

　　爸爸根本不信轮回，可是妈妈似乎深信不疑。这已是十四年前的往事了。

　　一九八二年，爸爸最后一次来美。他自感体力日衰，对长途旅行渐感不支，一天，我在炒菜，爸爸突然自楼上咚咚咚地快步下楼，走入厨房，站在我身边，两手插在他的上衣口袋里，嘴上挂着不自然的笑容，以轻快的语气问我：

"我以后不来美了，怎么办？"我想他是鼓足了勇气来找我谈这回事的。他心里在淌泪了。我立刻说：

"你不来了，我就每年去台湾看你啊！"

"你这儿的家怎么放得下？"

"没问题，孩子都大了，有什么放不下的？"

爸爸的精神松懈了下来。他满意了。

自一九八三年起我每年返台探望爸爸，多则十日，少则五日。我们要把一年累积的思念浓缩在短短的几天内，靠耳语、赖笔谈或无言对坐，得以倾诉。然后，再开始那漫长的分离，借每周一信来维持彼此精神上的支援。

岁月无情，生龙活虎似的爸爸渐渐衰老了。一九八六年底，我最后一次探望爸爸，共聚首十日。临行时在爸爸客厅中道别，爸爸穿着一件蓝布棉外衣略弯着腰，全身在发抖，他用沙哑的声音不厌其详地告诉我应如何叫计程车，如何把衣箱运入机场，如何办理出境手续。那一刻，爸爸又把我当作他的没出过门的小女儿。多少慈爱透过他那喋喋不休的呓语，使我战栗，永生难忘。

这次不祥的生离竟成死别。

一九八七年十月三十一日，爸爸给我的最后一封信中说，我们快见面了，他很高兴。全信充满了希望和对别人的关怀。只在最后加了一句："我近来食量少而易倦。"爸爸不喜欢惊动人，一

143

切能忍且忍。所以这句话可能就是紧急情报了。西雅图时间十一月二日晚，我收到台北哥哥的电话，告以爸爸去世之噩耗。真如晴天霹雳。所有祝寿、过年之计划全成泡影。十一月十七日我偕二子君达、君迈仓皇返台，参加公祭及下葬典礼。

十一月十八日晨十时，我们全家聚齐赴台北市第一殡仪馆。执事人员引我们入室，环立于爸爸遗体两侧，静观有特殊训练的工作人员为爸爸穿寿衣。依旧俗，穿寿衣应由家人亲自动手，但我们只象征性地为爸爸系了带子。穿戴整齐后，我用我的手紧握住爸爸的手，一直到他冰凉的手也暖和起来。

十二时左右入殓。家人将备好的陪葬物放在爸爸四周。我放在爸爸脚下一个银灰色纸盒，内盛有爸爸生前最爱之物，伴他永眠。不久，快到盖棺的时候了，我和爸爸轻轻地说了再见，虽然我知道永不会再见了。然后，我看到他们把棺材盖上了。那轻轻的一响正式结束了他的丰富灿烂的一生。我当时想，盖棺论定，此其时矣。

约下午二时，起灵。在迷蒙细雨中，我们抵达淡水"北海公墓"。简单的葬礼完毕后，我用鲜花和眼泪埋葬了爸爸的遗体。我离开墓地时，人已走空。我再回首对孤寂的新坟作最后的一瞥，无限凄楚。

二日后，爸爸的魂魄伴着我和孩子们飞回"槐园"。

xīng dǒu qí wén

星斗其文，

chì zǐ qí rén

赤子其人

汪曾祺

　　沈先生很爱用一个别人不常用的词："耐烦"。

他说自己不是天才（他应该算是个天才），只是耐烦。

他对别人的称赞，也常说"要算耐烦"。看见儿子小

虎搞机床设计时，说"要算耐烦"。看见孙女小红做

作业时，也说"要算耐烦"。

　　沈先生逝世后，傅汉斯、张充和从美国电传来一副挽辞。字是晋人小楷，一看就知道是张充和写的。词想必也是她拟的。只有四句：

　　　　不折不从　　亦慈亦让
　　　　星斗其文　　赤子其人

　　这是嵌字格，但是非常贴切，把沈先生的一生概括得很全面。

这位四妹对三姐夫沈二哥真是非常了解。——荒芜同志编了一本《我所认识的沈从文》，写得最好的一篇，我以为也应该是张充和写的《三姐夫沈二哥》。

　　沈先生的血管里有少数民族的血液。他在填履历表时，"民族"一栏里填土家族或苗族都可以，可以由他自由选择。湘西有少数民族血统的人大都有一股蛮劲、狠劲，做什么都要做出一个名堂。黄永玉就是这样的人。沈先生瘦瘦小小（晚年发胖了），但是有用不完的精力。他小时候是一个顽童，爱游泳（他叫"游水"）。进城后好像就不游了。三姐（师母张兆和）很想看他游一次泳，但是没有看到。我当然更没有看到过。他少年当兵，漂泊转徙，很少连续几晚睡在同一张床上。吃的东西，最好的不过是切成四方的大块猪肉（煮在豆芽菜汤里）。行军、拉船，锻炼出一副极富耐力的体魄。二十岁冒冒失失地闯到北平来，举目无亲。连标点符号都不会用，就想用手中一支笔打出一个天下。经常为弄不到一点东西"消化消化"而发愁。冬天屋里生不起火，用被子围起来，还是不停地写。我1946年到上海，因为找不到职业，情绪很坏，他写信把我骂了一顿，说："为了一时的困难，就这样哭哭啼啼的，甚至想到要自杀，真没出息！你手中有一支笔，怕什么！"他在信里说了一些他刚到北京时的情形。——同时又叫三姐从苏州写了一封很长的信安慰我。他真的用一支笔打出了一个天下了。一个只读过小学的人，竟成了一个大作家，而且积累了那么多的学问，真是一个奇迹。

沈先生很爱用一个别人不常用的词："耐烦"。他说自己不是天才（他应该算是个天才），只是耐烦。他对别人的称赞，也常说"要算耐烦"。看见儿子小虎搞机床设计时，说"要算耐烦"。看见孙女小红做作业时，也说"要算耐烦"。他的"耐烦"，意思就是锲而不舍，不怕费劲。一个时期，沈先生每个月都要发表几篇小说，每年都要出几本书，被称为"多产作家"，但是写东西不是很快的，从来不是一挥而就。他年轻时常常日以继夜地写。他常流鼻血。血液凝聚力差，一流起来不易止住，很怕人。有时夜间写作，竟致晕倒，伏在自己的一摊鼻血里，第二天才被人发现。我就亲眼看到过他的带有鼻血痕迹的手稿。他后来还常流鼻血，不过不那么厉害了。他自己知道，并不惊慌。很奇怪，他连续感冒几天，一流鼻血，感冒就好了。他的作品看起来很轻松自如，若不经意，但都是苦心刻琢出来的。《边城》一共不到七万字，他告诉我，写了半年。他这篇小说是《国闻周报》上连载的，每期一章。小说共二十一章，21×7=147，我算了算，差不多正是半年。这篇东西是他新婚后写的，那时他住在达子营。巴金住在他那里。他们每天写，巴老在屋里写，沈先生搬个小桌子，在院子里树荫下写。巴老写了一个长篇，沈先生写了《边城》。他称他的小说为"习作"，并不完全是谦虚。有些小说是为了教创作课给学生示范而写的，因此试验了各种方法。为了教学生写对话，有的小说通篇都用对话组成，如《若墨医生》；有的，一句对话也没有。《月下小景》确是为了履行许给张家小五的诺言"写故事给你看"而写的。同时，当然是为了试验一下"讲故事"的方法（这一组"故事"明显地看得出受了《十日谈》和《一千零一夜》的影响）。同时，也为了试验一下把六朝译经和口语结合的文体。这种试验，后来形成一种他自己说是"文白夹杂"的独特的沈从文体，在四十年代的文字（如《烛虚》）中尤为成熟。他的亲戚，语言学家周有光曾说"你的语言是古英语"，甚至是拉丁文。沈先生讲创作，不大爱说"结构"，他说是"组织"。我也比较喜欢"组织"这个词。"结构"过于理智，"组织"更带感情，较多作者的主观。他曾把一篇小说一条一条地裁开，用不同方法组织，看看哪一种方式更为合适。沈先生爱改自己的文章。他的原稿，一改再改，天头地脚页边，都是修改的字迹，蜘蛛网似的，这里牵出一条，那里牵出一条。作品发表了，改。成书了，改。看到自己的文章，总要改。有时改了多次，反而不如原来的，以至三姐后来不许他改了（三姐是沈先生文集的一个极其细心、极其认真的义务责任编辑）。沈先生的作品写得最快，最顺畅，改得最少的，只有一本《从文自传》。这本自传没有经过冥思苦想，只用了三个星期，一气呵成。

他不大用稿纸写作。在昆明写东西，是用毛笔写在当地出产的竹纸上的，自己折出印子。他也用钢笔，蘸水钢笔。他抓钢笔的手势有点像抓毛笔（这一点可以证明他不是洋学堂出身）。《长河》就是用钢笔写的，写在一个硬面的练习簿上，直行，两面写。他的原稿的字很清楚，不潦草，但写的是行书。不熟悉他的字体的排字工人是会感到困难的。他晚年写信写文章爱用秃笔淡墨。用秃笔写那样小的字，不但清楚，而且顿挫有致，真是一个功夫。

他很爱自己的家乡。他的《湘西》、《湘行散记》和许多篇小说可以作证。他不止一次和我谈起棉花坡，谈起枫柳坳，——一到秋天满城落了枫树的红叶。一说起来，不胜神往。黄永玉画过一张凤凰沈家门外的小巷，屋顶墙壁颇零乱，有大朵大朵的红花——不知是不是夹竹桃，画面颜色很浓，水气泱泱。沈先生很喜欢这张画，说："就是这样！"八十岁那年，和三姐一同回了一次凤凰，领着她看了他小说中所写的各处，都还没有大变样。家乡人闻知沈从文回来了，简直不知怎样招待才好。他说："他们为我捉了一只锦鸡！"锦鸡毛羽很好看，他很爱那只锦鸡，还抱着它照了一张相，后来知道竟做了他的盘中餐，对三姐说："真煞风景！"锦鸡肉并不怎么好吃。沈从文说及时大笑，但也表现出对乡人的殷勤十分感激。他在家乡听了傩戏，这是一种古调犹存的很老的弋阳腔。打鼓的是一位七十多岁的老人，他对年轻人打鼓失去旧范很不以为然。沈先生听了，说："这是楚声，楚声！"他动情地听着"楚声"，泪流满面。

沈先生八十岁生日，我曾写了一首诗送他，开头两句是：

犹及回乡听楚声，

此身虽在总堪惊。

端木蕻良看到这首诗，认为"犹及"二字很好。我写下来的时候就有点觉得这不大吉利，没想到沈先生再也不能回家乡听一次了！他的家乡每年有人来看他，沈先生非常亲切地和他们谈话，一坐半天。每当同乡人来了，原来在座的朋友或学生就只有退避在一边，听他们谈话。沈先生很好客，朋友很多。老一辈的有林宰平、徐志摩。沈先生提及他们时充满感情。没有他们的提挈，沈先生也许就会当了警察，或者在马路旁边"瘪了"。我认识他后，他经常来往的有杨振声、张奚若、金岳霖、朱光潜诸先生、梁思成林徽因夫妇。他们的交往真是君子之交，既无朋党色彩，也无酒食征逐。清茶一杯，闲谈片刻。杨先生有一次托沈先生带信，让我到南锣鼓巷他的住处去，我以为有什么事。去了，只是他亲自给我煮一杯咖啡，让我看一本他收藏的姚茫父的册页，这册页的芯子只有火柴盒那样大，横的，是山水，用极富金石味的墨线勾轮廓，设极重的青绿，真是妙品。杨先生对待我这个初露头角的学生如此，则其接待沈先生的情形可知。杨先生和沈先生夫妇曾在颐和园住过一个时期，想来也不过是清晨或黄昏到后山谐趣园一带走走，看看湖里的金丝莲，或写出一张得意的字来，互相欣赏欣赏，其余时间各自在屋里读书做事，如此而已。

沈先生对青年的帮助真是不遗余力。他曾经自己出钱为一个诗人出了第一本诗集。一九四七年，诗人柯原的父亲故去，家中拉了一笔债，沈先生提出卖字来帮助他。《益世报》登出了沈从文卖字的启事，买字的可定出规格，而将价款直接寄给诗人。柯原一九八〇年去看沈先生，沈先生才记起有这回事。他对学生的作品细心修改，寄给相熟的报刊，尽量争取发表。他这辈子为学生寄稿的邮费，加起来是一个相当可观的数字。抗战时期，通货膨胀，邮费也不断涨，往往寄一封信，信封正面反面都得贴满邮票。为了省一点邮费，沈先生总是把稿纸的天头地脚页边都裁去，只留一个稿芯，这样分量轻一点。稿子发表了，稿费寄来，他必为亲自送去。李霖灿在丽江画玉龙雪山，他的画都是寄到昆明，由沈先生代为出手的。我在昆明写的稿子，几乎无一篇不是他寄出去的。一九四六年，郑振铎、李健吾先生在上海创办《文艺复兴》，沈先生把我的《小学校的钟声》和《复仇》寄去。这两篇稿子写出已经有几年，当时无地方可发表。稿子是用毛笔楷书写在学生作文的绿格本上的，郑先生收到，发现稿纸上已经叫蠹虫蛀了好些洞，使他大为激动。沈先生对我这个学生是很喜欢的。为了躲避日本飞机空袭，他们全家有一阵住在呈贡新街，后迁跑马山桃源新村。沈先生有课时进城住两三天。他进城时，我都去看他。交稿子，看他收藏的宝贝，借书。沈先生的书是为了自己看，也为了借给别人看的。"借书一痴，还书一痴"，借书的痴子不少，还书的痴子可不多。有些书借出去一去无踪。有一次，晚上，我喝得烂醉，坐在路边，沈先生到一处演讲回来，以为是一个难民，生了病，走近看看，是我！他和两个同学把我扶到他住处，灌了好些酽茶，我才醒过来。有一回我去看他，牙疼，腮帮子肿得老高。沈先生开了门，一看，一句话没说，出去买了几个大橘子抱着回来了。沈先生的家庭是我见到的最好的家庭，随时都在亲切和谐气氛中。两个儿子，小龙小虎，兄弟怡怡。他们都很高尚清白，无丝毫庸俗习气，无一句粗鄙言语，——他们都很幽默，但幽默得很温雅。一家人于钱上都看得很淡。《沈从文文集》的稿费寄到，九千多元，大概开过家庭会议，又从存款中取出几百元，凑成一万，寄到家乡办学。沈先生也有生气的时候，也有极度烦恼痛苦的时候，在昆明，在北京，我都见到过，但多数时候都是笑眯眯的。他总是用一种善意的、含情的微笑，来看这个世界的一切。到了晚年，喜欢放声大笑，笑得合不拢嘴，且摆动双手作势，真像一个孩子。只有看破一切人事乘除，得失荣辱，全置度外，心地明净无渣滓的人，才能这样畅快地大笑。

沈先生五十年代后放下写小说散文的笔（偶然还写一点，笔下仍极活泼，如写纪念陈翔鹤文章，实写得极好），改业钻研文物，而且钻出了很大的名堂，不少中国人、外国人都很奇怪。实不奇怪。沈先生很早就对历史文物有很大兴趣。他写的关于展子虔游春图的文章，我以为是一篇重要文章，从人物服装颜色式样考订图画的年代和真伪，是别的鉴赏家所未注意的方法。他关于书法的文章，特别是对宋四家的看法，很有见地。在昆明，我陪他去遛街，总要看看市招，到裱画店看看字画。昆明市政府对面有一堵大照壁，写满了一壁字（内容已不记得，大概不外是总理遗训），字有七八寸见方大，用二爨掺一点北魏造像题记笔意，白墙蓝字，是一位无名书家写的，写得实在好。我们每次经过，都要去看看。昆明有一位书法家叫吴忠荩，字写得极多，很多人家都有他的字，家家裱画店都有他的刚刚裱好的字。字写得很熟练，行书，只是用笔枯扁，结体少变化。沈先生还去看过他，说"这位老先生写了一辈子字"！意思颇为他水平受到限制而惋惜。昆明碰碰撞撞都可见到黑漆金字抱柱楹联上钱南园的四方大颜字，也还值得一看。沈先生到北京后即喜欢搜集瓷器。有一个时期，他家用的餐具都是很名贵的旧瓷器，只是不配套，因为是一件一件买回来的。他一度专门搜集青花瓷。买到手，过一阵就送人。西南联大好几位助教、研究生结婚时都收到沈先生送的雍正青花的茶杯或酒杯。沈先生对陶瓷赏鉴极精，一眼就知是什么朝代的。一个朋友送我一个梨皮色釉的粗瓷盒子，我拿去给他看，他说："元朝东西，民间窑！"有一阵搜集旧纸，大都是乾隆以前的。多是染过色的，瓷青的、豆绿的、水红的，触手细腻到像煮熟的鸡蛋白外的薄皮，真是美极了。至于茧纸、高丽发笺，那是凡品了。（他搜集旧纸，但自己舍不得用来写字。晚年写字用糊窗户的高丽纸，他说："我的字值三分钱。"）

在昆明，搜集了一阵耿马漆盒。这种漆盒昆明的地摊上很容易买到，且不贵。沈先生搜集器物的原则是"人弃我取"。其实这种竹胎的，涂红黑两色漆，刮出极繁复而奇异的花纹的圆盒是很美的。装点心，装花生米，装邮票杂物均合适，放在桌上也是个摆设。这种漆盒也都陆续送人了。客人来，坐一阵，临走时大都能带走一个漆盒。有一阵研究中国丝绸，弄到许多大藏经的封面，各种颜色都有：宝蓝的、茶褐的、肉色的，花纹也是各式各样。沈先生后来写了一本《中国丝绸图案》。有一阵研究刺绣。除了衣服、裙子，弄了好多扇套、眼镜盒、香袋。不知他是从哪里"寻摸"来的。这些绣品的针法真是多种多样。我只记得有一种绣法叫"打子"，是用一个一个丝线疙瘩缀出来的。他给我看一种绣品，叫"七色晕"，用七种颜色的绒绣成一个团花，看了真叫人发晕。他搜集、研究这些东西，不是为了消遣，是从发现、证实中国历史文化的优越这个角度出发的，研究时充满感情。我在他八十岁生日写给他的诗里有一联：

> 玩物从来非丧志，
>
> 著书老去为抒情。

这全是记实。沈先生提及某种文物时常是赞叹不已。马王堆那副不到一两重的纱衣，他不知说了多少次。刺绣用的金线原来是盲人用一把刀，全凭手感，就金箔上切割出来的。他说起时非常感动。有一个木俑（大概是楚俑）一尺多高，衣服非常特别：上衣的一半（连同袖子）是黑色，一半是红的；下裳正好相反，一半是红的，一半是黑的。沈先生说："这真是现代派！"如果照这样式（一点不用修改）做一件时装，拿到巴黎去，由一个长身细腰的模特儿穿起来，到表演台上转那么一转，准能把全巴黎都"镇"了！他平生搜集的文物，在他生前全都分别捐给了几个博物馆、工艺美术院校和工艺美术工厂，连收条都不要一个。

沈先生自奉甚薄。穿衣服从不讲究。他在《湘行散记》里说他穿了一件细毛料的长衫，这件长衫我可没见过。我见他时总是一件洗得褪了色的蓝布长衫，夹着一摞书，匆匆忙忙地走。解放后是蓝卡其布或涤卡的干部服，黑灯芯绒的"懒汉鞋"。有一年做了一件皮大衣（我记得是从房东手里买的一件旧皮袍改制的，灰色粗线呢面），他穿在身上，说是很暖和，高兴得像一个孩子。吃得很清淡。我没见他下过一次馆子。在昆明，我到文林街二十号他的宿舍去看他，到吃饭时总是到对面米线铺吃一碗一角三分钱的米线。有时加一个西红柿，打一个鸡蛋，超不过两角五分。

三姐是会做菜的，会做八宝糯米鸭，炖在一个大砂锅里，但不常做。他们住在中老胡同时，有时张充和骑自行车到前门月盛斋买一包烧羊肉回来，就算加了菜了。在小羊宜宾胡同时，常吃的不外是炒四川的菜头，炒茨菇。沈先生爱吃茨菇，说"这个好，比土豆'格'高"。他在《自传》中说他很会炖狗肉，我在昆明，在北京都没见他炖过一次。有一次他到他的助手王亚蓉家去，先来看看我（王亚蓉住在我们家马路对面，——他七十多了，血压高到二百多，还常为了一点研究资料上的小事到处跑），我让他过一会来吃饭。他带来一卷画，是古代马戏图的摹本，实在是很精彩。他非常得意地问我的女儿："精彩吧？"那天我给他做了一只烧羊腿，一条鱼。他回家一再向三姐称道："真好吃。"他经常吃的荤菜是：猪头肉。

他的丧事十分简单。他凡事不喜张扬，最反对搞个人的纪念活动。反对"办生做寿"。他生前累次嘱咐家人，他死后，不开追悼会，不举行遗体告别。但火化之前，总要有一点仪式。新华社消息的标题是沈从文告别亲友和读者，是合适的，只通知少数亲友。——有一些景仰他的人是未接通知自己去的。不收花圈，只有约二十多个布满鲜花的花篮，很大的白色的百合花、康乃馨、菊花、菖兰。参加仪式的人也不戴纸制的白花，但每人发给一枝半开的月季，行礼后放在遗体边。不放哀乐，放沈先生生前喜爱的音乐，如贝多芬的"悲怆"奏鸣曲等，沈先生面色如生，很安详地躺着。我走近他身边，看着他，久久不能离开。这样一个人，就这样地去了。我看他一眼，又看一眼，我哭了。

沈先生家有一盆虎耳草，种在一个椭圆形的小小钧窑盆里。很多人不认识这种草。这就是《边城》里翠翠在梦里采摘的那种草，沈先生喜欢的草。

huí yì fù qīnfēng zǐ kǎi

回忆父亲丰子恺

丰一吟

他无可奈何地说：“口腹之欲，无可奈何啊！”

父亲爱的教育

　　父亲有一颗善良的心。他爱世间一切有生之物，他爱人类，更爱儿童。他认为"世间最尊贵的是人"，而"人间最富有灵性的是孩子"。孩子做事认真，心地纯洁，对世间毫无成见，对万物一视同仁。孩子好比一张白纸，最初在这白纸上涂色的，便是自己的父母亲。

我生长在一个多子女的家庭中。我们的母亲是一个善良而懦弱的人。在我们的白纸上涂颜色的主要责任落到父亲身上。然而，在我们的童年时期，父亲画笔上的颜料是那么吝啬。他不想把我们涂上什么颜色，他希望孩子们永远保持一片纯洁的白色。他曾说："教养孩子的方法很简便。教养孩子，只要教他永远做孩子，即永远不使失却其孩子之心。"

于是父亲便给我们灌输种种教育，其中之一便是"爱的教育"。父亲把意大利作家亚米契斯所著的《爱的教育》这本书当作课本，给我的姐姐哥哥们读。这本书是父亲的老师翻译的，由父亲配上插图。我那时还小，但常常听姐姐讲其中的内容，感动得很。这本书教我们要热爱祖国，敬爱尊长，助人为乐，平等待人。全书通篇都贯穿了一个爱字。我们小时候正是在这样的环境中长大的。

在助人为乐、平等待人这点上，父亲以自己的行为给我们树立了榜样。父亲对人的爱不受贫富和等级的限制。只要是善良的人，父亲对他几乎是有求必应。

故乡有一位远房叔祖，为人正直，生活清寒。父亲得知后，便每月定期汇钱给他作为赡养，持续十余年，从未间断过。直到这位叔祖老病去世。

对待家中的保姆，父亲一点也没有架子。父亲自己从来不要保姆伺候。叠床铺被，收拾房间，都是亲自动手，还主动关心保姆的生活。凡来我家做保姆的，都喜欢留在这里，除非我家迁居到别的城市去，或者她自己家中有事必须辞职。有一位保姆在我家做了17年之久。当父亲知道她有高血压病时，马上叫她每天午睡，还包下了她的一切医药费。但她在"文革"期间中风去世，那时父亲正好自己也生病，可还是为她租用了殡仪馆的半面大厅来举行遗体告别仪式。

这位保姆健在时回乡去（她是我们同乡人），总是对乡亲们说："先生待我这样好，我是今生今世难忘的。"

讲到保姆，爸爸有一句话留给我很深的印象。他说："人家抛弃了自己的家庭来为我们服务，我们要把她当自己人！"

父亲不仅教我们平等待人，还教我们爱世间的一切生命，小至蚂蚁。本来我踩死一只蚂蚁不当一回事，有一回被父亲看见了，他连忙阻止我，说："蚂蚁也有家，也有爸爸妈妈在等他。你踩死了他，他爸爸妈妈要哭了。"

我姐姐哥哥们碰到蚂蚁搬家，不但不去伤害它们，还用一些小凳子放在蚂蚁搬家的路上。自己像交通警那样劝请行人绕道行走。慢慢地我也就学着这样干了。长大后我才知道这叫做"护生"。父亲画过六册《护生画集》。他是佛教徒。但我觉得他和一般的佛教徒有点不一样。他劝我们不要踩死蚂蚁，不是为了讲什么"积德"、"报应"，也不是为了要保护世间的蚂蚁，而是为了要培养我们从小就有一颗善良的心。他说，如果丧失了这颗心，今天可以一脚踩死数百只蚂蚁，将来这颗心发展起来，便会变成侵略者，去虐杀无辜的老百姓。

父亲的画具

《弘一丰子恺书画原作展》中展出过我提供的父亲用过的烟管和笔墨砚各一件。参观者看到这笔墨砚，一定觉得不起眼：这位大画家怎么用小学生的玩意儿。我认为有必要在这里写几句。

父亲的画风与众不同，他的画具也与大画家们的画具不一样。有不少朋友送给他端砚和名贵的墨。但他往往转送别人，自己则习惯于极普通的墨砚。现在展出的这方砚台，是1948年秋我陪他赴台湾旅游时地摊上购得的。他喜欢这砚台，常常使用它。父亲逝世后，我把这砚台保存起来作为纪念。除了这砚台外，父亲有时也使用小学生的砚台。

至于那块墨，说不定也是小学生的呢。那是父亲晚年在浩劫中画画所用。当时又能到哪里去选购好墨呢。像"一得阁""曹素功"之类的好墨汁，那时似乎还没有供应。画画得自己研墨。反正父亲也不讲究，手头有什么墨，他就用什么墨。我至今还保存着他用过的好几个墨头。有友人送了他一锭好墨，状如刀币，还嵌有金粉。但他放在抽屉里，常常给我那才上小学的女儿作玩具玩耍，而不拿来使用。可见他对墨并不讲究。

父亲用毛笔，只用狼毫而不用羊毫。只要是狼毫，好坏也不十分计较。用毕后，也不清洗悬挂，而是饱蘸墨汁，往铜笔套内一套。着色则用水彩颜料，小学生用的也不妨。

他1935年发表的《我的画具》一文中也谈到这问题。他说："我的画具，分室内和室外两种。但室内用的画具，也可以说没有。因为它们就是平常写字用的毛笔和纸，不一定要特设……"

而父亲那种画面生动、含意隽永的作品，正是在这样不讲究的画具下完成的。

人们常说"妙笔生花"，而在画展上展出的一朵朵小花，却是从"不妙"的笔墨底下生出来的！

父亲嗜蟹

有不少人以为我父亲是吃常素的，理由是他画过6册《护生画集》，提倡爱护动物，不杀生。

父亲确实吃过一时期的素，但后来就开荤了。他对荤菜有所选择，只吃鱼虾蟹蛋鸡鸭之类，不吃猪牛羊肉。好像他不吃4条腿似的，其实也是偶然。

而我呢，吃荤的范围比他更窄，不吃牛羊肉和虾蟹，只吃瘦猪肉和蛋，连鱼和鸡鸭也勉强吃。尤其是蟹，不仅不吃，还很害怕。

父亲装了假牙以后，蟹钳咬不动了。在家里还可以用榔头敲敲，到外面去吃蟹就不行了。在杭州时，有一次他到王宝和酒店去吃蟹酒，我陪在一旁。他要我替他咬蟹钳。我实在有点害怕，但父命难违，只得勉强屏住气替他咬了。以后我曾几次问父亲，他为什么那么喜欢吃蟹？煮蟹的时候不是很残忍的吗？

父亲点点头，承认是那么回事，但他无可奈何地说："口腹之欲，无可奈何啊！"接着又补说一句："单凭这一点，我就和弘一大师有天壤之别了。所以他能爬上三楼，而我只能待在二楼向三楼望望。"

父亲吃蟹是"祖传"的。他在《忆儿时》一文中详细描述祖父吃蟹的情况，最后说："这回忆一面使我永远神往，一面又使我永远忏悔。"当时他正茹素，后来开了荤，就恢复了"永远神往"的吃蟹这件事。可见"口腹之欲"还是很难克制的。

父亲吃蟹的本领是跟祖父学的。他和祖父一样吃得很干净，蟹壳里绝不留一点蟹肉。我看了觉得惊奇。这时他便得意地说："既然杀了这只蟹，就要吃得干净，才对得起它！"他反复地说这句话，好像是为他的吃蟹作辩护，或者是对内疚的补偿。

父亲每次吃蟹，总是把蟹钳头上毛茸茸的两个东西合起来做成一只蝴蝶。吃几只蟹就做几只蝴蝶。所以一到金秋季节，我家墙上总是贴满蝴蝶。

看来蟹这样东西一定很美味，否则父亲怎么会那么喜欢呢！

我有许多荤菜不吃，人家都说我损失很大。但我"自得其乐"，我吃素菜时那种津津有味的样子，不比父亲吃蟹差。看来"青菜萝卜，各有所爱"，只要不是对人体有害的食品，谁爱吃什么，就让他去吃吧！

父亲的"外公纸"

我箱子里珍藏着一叠小小的宣纸片，长约二寸，宽约三四寸。是父亲用画画写字废弃的宣纸裁成的。这种纸在我们家里有一个特殊的专用名称，叫做"外公纸"。

提起这种"外公纸"，我总是叹佩舞文弄墨的父亲竟也如此善于安排日常生活。一般艺术家似乎总是给人落拓不羁或生活零乱的印象。父亲却不然。他的生活虽然朴素，却是有条不紊，而且他善于采取合理的措施。"外公纸"便是其中的一例。

　　作画写字时废弃的零星纸，父亲从来不丢掉，总是把它们裁成小片，叠成一叠，收藏着备用。这种纸的用途可多呢。书桌上有了一点墨迹水滴，只要取一片小宣纸来一擦，便擦掉了。作画时，放几片小宣纸在桌上，纸的一端压在调色盘下，当着色的毛笔笔端水分过多时，只要往小纸片上一捺，水分被吸了去，画面便不致化水。调色盘里的颜料要更换，可以用这种纸片把先前剩余的一点颜料擦去，再挤入新的水彩颜料。在画面着色时，如果着好的颜料水分太多，要越出轮廓，也只要用这种纸吸一下，便不再渗出了。所以父亲给画着色时，桌上常备这种纸，供必要时用。

　　那么，写字桌上用的这种纸，为什么被称为"外公纸"呢？原来这种纸在和外孙共同进餐的食桌上也有它的妙用。所以父亲经常带一点在身边。他不仅用来擦自己的嘴，也给当时还挂鼻涕的外孙、外孙女擦鼻子用，或者给他们在用餐时抹桌子擦碗筷揩手用。

　　我姐姐们的孩子小时候经常来外公家。喜欢作乐的外公也时常带他们上馆子或者去杭州等地游玩。一到吃饭的时候，老老小小在桌前坐下来，外公总是在他们需要时掏出这种纸递过去。孩子们习惯了，认为这种纸是外公专有的。有时外公还没来得及把纸拿出来，就有人喊着："外公，纸！"

这样一喊，外公就笑嘻嘻地掏出纸来。渐渐地，"外公，纸！"也就变成了"外公纸"这一名称。

这种"外公纸"上，常常有一些作画打草稿用的木炭条印，有时还写着几个不完整的字，甚至会出现一只燕子或人的身躯的一部分。

用"外公纸"比用抹布更吸水，比抹布更干净，只用一次就丢，很卫生。我也很喜欢用，有时也向父亲讨"外公纸"。外公纸源源不断地产生，我们当时却不懂得珍惜它。如果不让"外公纸"裁碎，即使是画坏了写坏了的，留下来做个纪念该多好啊！

有人认为，名画家是下笔成画，不可能废弃。父亲并非这样。不知是他对自己要求高，还是每天画的画写的字实在太多，总会产生一些"外公纸"。当然其中也包括他习字的纸。父亲到老也不放弃临摹自己喜欢的字帖。

如今我箱中还保留着的最后一叠"外公纸"，我再也舍不得用它了。但使用"外公纸"的习惯已经养成。画画写字后，我也把废弃的纸留下来供画桌上用。至于给外孙们擦嘴擦鼻子的"外公纸"，早已被餐巾纸所代替了。

其实，"外公纸"就是餐巾纸的先行者！

回忆陈寅恪先生

季羡林

在熙往攘来的学生人流中，有时会见到陈师去上课，身着长袍，朴素无华，肘下夹着一个布包，里面装满了讲课时用的书籍和资料。

　　别人奇怪，我自己也奇怪：我写了这样多的回忆师友的文章，独独遗漏了陈寅恪先生。这究竟是为什么呢？对我来说，这是事出有因，查亦有据的。我一直到今天还经常读陈先生的文章，而且协助出版社出先生的全集。我当然会时时想到寅恪先生的。我是一个颇为喜欢舞笔弄墨的人，想写一篇回忆文章，自是意中事。但是，我对先生的回忆，我认为是异常珍贵的，超乎寻常的神圣的。我希望自己的文章不要玷污了这一点神圣性，故而迟迟不敢下笔。到了今天，北大出版社要出版我的《怀旧集》，已经到了非写不行的时候了。

要论我同寅恪先生的关系，应该从65年前的清华大学算起。我于1930年考入国立清华大学，入西洋文学系（不知道从什么时候起改名为外国语文系）。西洋文学系有一套完整的教学计划，必修课规定得有条有理，完完整整。但是给选修课留下的时间却是很富裕的，除了选修课以外，还可以旁听或者偷听，教师不以为忤，学生各得其乐。我曾旁听过朱自清、俞平伯、郑振铎等先生的课，都安然无恙，而且因此同郑振铎先生建立了终生的友谊。但也并不是一切都一帆风顺。我同一群学生去旁听冰心先生的课。她当时极年轻，而名满天下。我们是慕名而去的。冰心先生满脸庄严，不苟言笑，看到课堂上挤满了这样多学生，知道其中有"诈"，于是威仪俨然地下了"逐客令"："凡非选修此课者，下一堂不许再来！"我们悚然而听，憬然而退，从此不敢再进她讲课的教室。四十多年以后，我同冰心重逢，她已经变成了一个慈祥和蔼的老人，由怒目金刚一变而为慈眉菩萨。我向她谈起她当年"逐客"的事情，她已经完全忘记，我们相视而笑，有会于心。

就在这个时候，我旁听了寅恪先生的"佛经翻译文学"。参考书用的是《六祖坛经》，我曾到城里一个大庙里去买过此书。寅恪师讲课，同他写文章一样，先把必要的材料写在黑板上，然后再根据材料进行解释、考证、分析、综合，对地名和人名更是特别注意。他的分析细入毫发，如剥蕉叶，愈剥愈细，愈剥愈深，然而一本实事求是的精神，不武断，不夸大，不歪曲，不断章取义，他仿佛引导我们走在山阴道上，盘旋曲折，山重水复，柳暗花明，最终豁然开朗，把我们引上阳关大道。读他的文章，听他的课，简直是一种享受，无法比拟的享受。在中外众多学者中，能给我这种享受的，国外只有亨利希·吕德斯（Heinrich Lüders），在国内只有陈师一人，他被海内外学人公推为考证大师，是完全应该的，这种学风，同后来滋害流毒的"以论代史"的学风，相差不可以道里计。然而，茫茫士林，难得解人，一些鼓其如簧之舌惑学人的所谓"学者"，骄纵跋扈，不禁令人浩叹矣。寅恪师这种学风，影响了我的一生。后来到德国，读了吕德斯教授的书，并且受到了他的嫡传弟子瓦尔德施米特（Waldschmidt）教授的教导和熏陶，可谓三生有幸。可惜自己的学殖瘠茫，又限于天赋，虽还不能说无所收获，然而犹如细流比沧海，空怀仰止之心，徒增效颦之恨。这只怪我自己，怪不得别人。

　　总之，我在清华四年，读完了西洋文学系所有的必修课程，得到了一个学士头衔，现在回想起来，说一句不客气的话：我从这些课程中收获不大，欧洲著名的作家，什么莎士比亚、歌德、塞万提斯、莫里哀、但丁等等的著作都读过，连现在忽然时髦起来的《尤利西斯》和《追忆似水年华》等等也都读过，然而大都是浮光掠影，并不深入，给我留下深远影响的课反而是一门旁听课和一门选修课。前者就是在上面谈到寅恪师的"佛经翻译文学"；后者是朱光潜先生的"文艺心理学"，也就是美学。关于后者，我在别的地方已经谈过，这里就不再赘述了。

在清华时，除了上课以外，同陈师的接触并不太多。我没到他家去过一次。有时候，在校内林荫道上，在熙往攘来的学生人流中，有时会见到陈师去上课，身着长袍，朴素无华，肘下夹着一个布包，里面装满了讲课时用的书籍和资料。不认识他的人，恐怕大都把他看成是琉璃厂某一个书店的到清华来送书的老板，决不会知道，他就是名扬海内外的大学者，他同当时清华留洋归来的大多数西装革履、发光鉴人的教授，迥乎不同，在这一方面，他也给我留下了毕生难忘的印象，令我受益无穷。

离开了水木清华，我同寅恪先生有一个长期的别离。我在济南教了一年国文，就到了德国哥廷根大学。到了这里，我才开始学习梵文、巴利文和吐火罗文。在我一生治学的道路上，这是一个极关重要的转折点。我从此告别了歌德和莎士比亚，同释迦牟尼和弥勒佛打起交道来。不用说，这个转变来自寅恪先生的影响。真是无巧不成书，我的德国老师瓦尔德施米特教授同寅恪先生在柏林大学是同学，同为吕德斯教授的学生。这样一来，我的中德两位老师同出一个老师的门下。有人说："名师出高徒。"我的老师和太老师们不可谓不"名"矣，可我这个徒却太不"高"了。忝列门墙，言之汗颜。但不管怎样说，这总算是一个中德学坛上的佳话吧。

我在哥廷根十年，正值"二战"，是我一生精神上最痛苦然而在学术上收获却是最丰富的十年。国家为外寇侵入，家人数年无消息，上有飞机轰炸，下无食品果腹。然而读书却无任何干扰。教授和学生多被征从军。偌大的两个研究所：印度学研究所和汉学研究所，都归我一个人掌管。插架数万册珍贵图书，任我翻阅。在汉学研究所深深的院落里，高大阴沉的书库中，在梵学研究所古老的研究室中，阒无一人。天上飞机的嗡嗡声与我腹中的饥肠辘辘声相应和，闭目则浮想联翩，神驰万里，看到我的国，看到我的家，张目则梵典在前，有许多疑难问题，需要我来发复。我此时恍如遗世独立，苦欤？乐欤？我自己也回答不上来了。

经过了轰炸的炼狱，又经过了饥饿，到了1945年，在我来到哥廷根十年之后，我终于盼来了光明，东西法西斯垮台了。美国兵先攻占哥廷根，后为英国人来接管。此时，我得知寅恪先生在英国医目疾，我连忙写了一封长信，向他汇报我十年来学习的情况，并将自己在哥廷根科学院院刊及其他刊物上发表的一些论文寄呈。出乎我意料地迅速，我得了先生的复信，也是一封长信，告诉我他的近况，并说不久将回国。信中最重要的事情是说，他想向北大校长胡适，代校长傅斯年，文学院长汤用彤几位先生介绍我到北大任教，我真是喜出望外，谁听到能到最高学府去任教而会不引以为荣呢？我于是立即回信，表示同意和感谢。

这一年深秋，我终于告别了住了整整十年的哥廷根，怀着"客树回望成故乡"的心情，一步三回首地到了瑞士。在这个山明水秀的世界公园里住了几个月。1946年春天，经过法国和越南的西贡，又经过香港，回到了上海。在克家的榻榻米上住了一段时间。从上海到南京，又睡到了长之的办公桌上，这时候，寅恪先生也已从英国回到了南京。我曾谒见先生于俞大维官邸中。谈了谈阔别十多年以来的详细情况，先生十分高兴，叮嘱我到鸡鸣寺下中央研究院去拜见北大代校长傅斯年先生，特别嘱咐我带上我用德文写的论文，可见先生对我爱护之深以及用心之细。

这一年的深秋，我从南京回到上海，乘轮船到了秦皇岛，又从秦皇岛乘火车回到了阔别十二年的北京（当时叫北平）。由于战争关系，津浦路早已不通，回北京只能走海路，从那里到北京的铁路由美国少爷兵把守，所以还能通车。到了北京以后，一片"落叶满长安"的悲凉气象。我先在沙滩红楼暂住，随即拜见汤用彤先生，按北大当时的规定，从海外得到了博士学位回国的人，只能任副教授，在清华叫做专任讲师，经过几年的时间，才能转向正教授。我当然不能例外，而且心悦诚服，没有半点非分之想。然而过了大约一周的光景，汤先生告诉我，我已被聘为正教授，兼东方语言文学系的系主任，这真是石破天惊，大大地出我意料，我这个当一周副教授的纪录，大概也可以进入吉尼斯世界纪录了吧，说自己不高兴，那是谎言，那是矫情。由此也可以看出老一辈学者对后辈的提携和爱护。

不记得是在什么时候，寅恪师也来到北京，仍然住在清华园。我立即到清华去拜见。当时从北京城到清华是要费一些周折的，宛如一次短途旅行。沿途几十里路全是农田。秋天青纱帐起，还真有绿林人士拦路抢劫的，现在的年轻人很难想象了。但是，有寅恪先生在，我决不会惮于这样的旅行。在三年之内，我颇到清华园去过多次，我知道先生年老体弱，最喜欢当年住北京的天主教外国神甫亲手酿造的栅栏红葡萄酒，我曾到今天市委党校所在地当年神甫们的静修院的地下室中去买过几次栅栏红葡萄酒，又长途跋涉送到清华园，送到先生手中，心里颇觉安慰。几瓶酒在现在不算什么，但是在当时通货膨胀已经达到了钞票上每天加一个零还跟不上物价飞速提高的速度的情况下，几瓶酒已非同小可了。

有一年的春天，中山公园的藤萝开满了紫色的花朵，累累垂垂，紫气弥漫，招来了众多的游人和蜜蜂。我们一群弟子们，记得有周一良、王永兴、汪篯等，知道先生爱花，现在虽患目疾，迹近失明，但据先生自己说，有些东西还能影影绰绰看到一团影子。大片藤萝花的紫光，先生或还能看到。而且在那种兵荒马乱、物价飞涨、人命危浅、朝不虑夕的情况下，我们想请先生散一散心，征询先生的意见，他怡然应允。我们真是大喜过望，在来今雨轩藤萝深处，找到一个茶桌，侍先生观赏紫藤。先生显然兴致极高。我们谈笑风生，尽欢而散。我想，这也许是先生在那样的年头里最愉快的时刻。

还有一件事，也给我留下了毕生难忘的回忆。在解放前夕，政府经济实已完全崩溃。从法币改为银圆券，又从银圆券改为金圆券，越改越乱，到了后来，到粮店买几斤粮食，携带的这币那券的重量有时要超过粮食本身。学术界的泰斗、德高望重、被著名的史学家郑天挺先生称之为"教授的教授"的陈寅恪先生，也不能例外。到了冬天，他连买煤取暖的钱都没有，我把这情况告诉了已经回国的北大校长胡适之先生。胡先生最尊重最爱护确有成就的知识分子。当年他介绍王静庵先生到清华国学研究院去任教，一时传为佳话。寅恪先生在《王观堂先生挽词》中有几句诗："鲁连黄鹞绩溪胡，独为神州惜大儒。学院遂闻传绝业，园林差喜适幽居"，讲的就是这一件事。现在却轮到适之先生再一次"独为神州惜大儒"了，而这个"大儒"不是别人，竟是寅恪先生本人。适之先生想赠寅恪先生一笔数目颇大的美元。但是，寅恪先生却拒不接受。最后寅恪先生决定用卖掉藏书的办法来取得适之先生的美元，于是适之先生就派他自己的汽车——顺便说一句，当时北京汽车极为罕见，北大只有校长的一辆——让我到清华陈先生家装了一车西文关于佛教和中亚古代语言的极为珍贵的书。陈先生只收二千美元。这个数目在当时虽不算少，然而同书比起来，还是微不足道的。在这一批书中，仅一部《圣彼得堡梵德大词典》市价就远远超过这个数目了。这一批书实际上带有捐赠的性质。而寅恪师对于金钱的一芥不取的狷介性格，由此也可见一斑了。

在这三年内，我同寅恪师往来颇频繁。我写了一篇论文:《浮屠与佛》，首先读给他听，想听听他的批评意见。不意竟得到他的赞赏。他把此文介绍给《中央研究院史语所集刊》发表。这个刊物在当时是最具权威性的刊物，简直有点"一登龙门，声价十倍"的威风。我自然感到受宠若惊。差幸我的结论并没有瞎说八道，几十年以后，我又写了一篇《再谈浮屠与佛》，用大量的新材料，重申前说，颇得到学界同行们的赞许。

在我同先生来往的几年中，我们当然会谈到很多话题。谈治学时最多，政治也并非不谈，但极少。寅恪先生决不是一个"闭门只读圣贤书"的书呆子，他继承了中国"士"的优良传统：天下兴亡，匹夫有责。从他的著作中也可以看出，他非常关心政治。他研究隋唐史，表面上似乎是满篇考证，骨子里谈的都是成败兴衰的政治问题，可惜难得解人。我们谈到当代学术，他当然会对每一个学者都有自己的看法。但是，除了对一位明史专家外，他没有对任何人说贬低的话。对青年学人，只谈优点，一片爱护青年学者的热忱，真令人肃然起敬。就连那一位由于误会而对他专门攻击，甚至说些难听的话的学者，陈师也从来没有说过半句褒贬的话。先生的盛德由此可见。鲁迅先生从来不攻击年轻人，差堪媲美。

时光如电，人事沧桑，转眼就到了1948年年底。解放军把北京城团团包围住，胡适校长从南京派来了专机，想接几个教授到南京去，有一个名单。名单上有名的人，大多数都没有走，陈寅恪先生走了，这又成了某一些人探讨研究的题目：陈先生是否对共产党有看法？他是否对国民党留恋？根据后来出版的浦江清先生的日记，寅恪先生并不反对共产主义，他反对的仅是苏联牌的共产主义。在当时，这也许是一个怪想法，甚至是一个大逆不道的想法。然而到了今天，真相已大白于天下，难道不应该对先生的睿智表示敬佩吗？至于他对国民党的态度，最明显地表现在他对蒋介石的态度上。1940年，他在《庚辰暮春重庆夜宴归作》这一首诗中写道："食蛤那知天下事，看花愁近最高楼。"吴宓先生对此诗作注说："寅恪赴渝，出席中央研究院会议，寓俞大维妹丈宅。已而蒋公宴请中央研究院到会诸先生。寅恪于座中初次见蒋公，深觉其人不足为，有负厥职，故有此诗第六句。"按即"看花愁近最高楼"这一句。寅恪师对蒋介石，也可以说是对国民党的态度表达得不能再清楚明白了。然而，几年前，一位台湾学者偏偏寻章摘句，说寅恪先生早有意到台湾去。这真是天下的一大怪事。

到了南京以后，寅恪先生又辗转到了广州，从此留在那里没有动。他在台湾有很多亲友，动员他去台湾者，恐怕大有人在，然而他却岿然不为所动。其中详细情况，我不得而知。我们国家许多领导人，包括周恩来、陈毅、陶铸、郭沫若等等，对陈师礼敬备至。他同陶铸和老革命家兼学者的杜国庠，成了私交极深的朋友。在他晚年的诗中，不能说没有欢快之情，然而更多的却是抑郁之感。现在回想起来，他这种抑郁之感能说没有根据吗？能说不是查实有据吗？我们这一批老知识分子，到了今天，都已成了过来人。如果不昧良心说句真话，同陈师比较起来，只能说我们愚钝，我们麻木，此外还有什么话好说呢？

1951年，我奉命随中国文化代表团，访问印度和缅甸。在广州停留了相当长的时间，准备将所有的重要发言稿都译为英文。我当然不会放过这个机会的，我到岭南大学寅恪先生家中去拜谒，相见极欢，陈师母也殷勤招待。陈师此时目疾虽日益严重，仍能看到眼前的白色的东西。有关领导，据说就是陈毅和陶铸，命人在先生楼前草地上铺成了一条白色的路，路旁全是绿草，碧绿与雪白相映照，供先生散步之用。从这一件小事中，也可以看到我们国家对陈师尊敬之真诚了。陈师是极富于感情的人，他对此能无所感吗？

然而，世事如白云苍狗，变幻莫测。解放后不久，正当众多的老知识分子兴高采烈、激情未熄的时候，华盖运便临到头上。运动一个接着一个，针对的全是知识分子。批完了《武训传》，批俞平伯，批完了俞平伯，批胡适，一路批，批，批，斗，斗，斗，最后批到了陈寅恪头上。此时，极大规模的、遍及全国的反右斗争还没有开始。老年反思，我在政治上是个蠢材，对这一系列的批和斗，我是心悦诚服的，一点没有感到其中有什么问题。我虽然没有明确地意识到，在我灵魂深处，我真认为中国老知识分子就是"原罪"的化身，批是天经地义的。但是，一旦批到了陈寅恪先生头上，我心里却感到不是味。虽然经人再三动员，我却始终没有参加到这一场闹剧式的大合唱中去。我不愿意厚着面皮，充当事后的诸葛亮，我当时的认识也是十分模糊的，但是，我毕竟没有行动。现在时过境迁，在四十年之后，想到我没有出卖我的良心，差堪自慰，能够对得起老师的在天之灵了。

可是，从那以后，直到老师于1969年在空前浩劫中被折磨得离开了人世，将近二十年中，我没能再见到他。现在我的年龄已经超过了他在世的年龄五年，算是寿登耄耋了。现在我时常翻读先生的诗文。每读一次，都觉得有新的收获。我明确意识到，我还未能登他的堂奥。哲人其萎，空余著述。我却是进取有心，请益无人，因此更增加了对他的怀念。我们虽非亲属，我却时有风木之悲。这恐怕也是非常自然的吧。

我已经到了望九之年，虽然看样子离开为自己的生命画句号的时候还会有一段距离，现在还不能就作总结，但是，自己毕竟已经到了日薄西山、人命危浅之际，不想到这一点也是不可能的。我身历几个朝代，忍受过千辛万苦。现在只觉得身后的路漫长无边，眼前的路却是越来越短，已经是很有限了。我并没有倚老卖老，苟且偷安，然而我却明确地意识到，我成了一个"悲剧"人物。我的悲剧不在于我不想"不用扬鞭自奋蹄"，不想"老骥伏枥，志在千里"，而是在"老骥伏枥，志在万里"。自己现在承担的或者被迫承担的工作，头绪繁多，五花八门，纷纭复杂，有时还矛盾重重，早已远远超过了自己的负荷量，超过了自己的年龄。这里面，有外在原因，但主要是内在原因。清夜扪心自问：自己患了老来疯了吗？你眼前还有一百年的寿命吗？可是，一到了白天，一接触实际，件件事情都想推掉，但是件件事情都推不掉，真仿佛京剧中的一句话："马行在夹道内，难以回马。"此中滋味，只有自己一人能了解，实不足为外人道也。

在这样的情况下，我有时会情不自禁地回想自己的一生。自己究竟应该怎样来评价自己的一生呢？我虽遭逢过大大小小的灾难，像"十年浩劫"那样中国人民空前的愚蠢到野蛮到令人无法理解的灾难，我也不幸——也可以说是有"幸"身逢其盛，几乎把一条老命搭上，然而我仍然觉得自己是幸运的，自己赶上了许多意外的机遇。我只举一个小例子。自从盘古开天地，不知从哪里吹来了一股神风，吹出了知识分子这个特殊的族类。知识分子有很多特点。在经济和物质方面是一个"穷"字，自古已然，于今为烈。在精神方面，是考试多如牛毛。在这里也是自古已然，于今为烈。例子俯拾即是，不必多论。我自己考了一辈子，自小学、中学、大学，一直到留学，月有月考，季有季考，还有什么全国通考，考得一塌糊涂。可是我自己在上百场国内外的考试中，从来没有名落孙山。你能说这不是机遇好吗？

但是，俗话说："一个篱笆三个桩，一个好汉三个帮。"如果没有人帮助，一个人会是一事无成的。我也遇到了极幸运的机遇。生平帮过我的人无虑数百。要我举出人名的话，我首先要举出的，在国外有两个人，一个是我的博士论文导师瓦尔德施米特教授，另一个是教吐火罗语的老师西克教授。在国内的有四个人：一个是冯友兰先生，如果没有他同德国签订德国清华交换研究生的话，我根本到不了德国。一个是胡适之先生，一个是汤用彤先生，如果没有他们的提携的话，我根本来不到北大。最后但不是最少，是陈寅恪先生。如果没有他的影响的话，我不会走上现在走的这一条治学的道路，也同样是来不了北大。至于他为什么不把我介绍给我的母校清华，而介绍给北大，我从来没有问过他，至今恐怕永远也是一个谜，我们不去谈它了。

我不是一个忘恩负义的人。我一向认为，感恩图报是做人的根本准则之一。但是，我对他们四位，以及许许多多帮助过我的师友怎样"报"呢？专就寅恪师而论，我只有努力学习他的著作，努力宣扬他的学术成就，努力帮助出版社把他的全集出全、出好。

我深深地感激广州中山大学的校领导和历史系的领导，他们再三举办寅恪先生学术研讨会，包括国外学者在内，群贤毕至。中大还特别创办了陈寅恪纪念馆。所有这一切，我这个寅恪先生的弟子都看在眼中，感在心中，感到很大的慰藉。国内外研究陈寅恪先生的学者日益增多，先生的道德文章必将日益发扬光大，这是毫无问题的。这是我在垂暮之年所能得到的最大的愉快。

　　然而，我仍然有我个人的思想问题和感情问题。我现在是"后已见来者"，然而却是"前不见古人"，再也不会见到寅恪先生了。我心中感到无限的空寞，这个空寞是无论如何也填充不起来了。掷笔长叹，不禁老泪纵横矣。

回忆胡适之

周作人

一点点的礼物捎着大大的人情。

今天听说胡适之于二月二十四日在台湾去世了，这样便成为我的感旧录的材料，因为这感旧录中是照例不收生存的人的，他的一生的言行，到今日盖棺论定，自然会有结论出来，我这里只就个人间的交涉记述一二，作为谈话资料而已。我与他有过卖稿的交涉一总共是三回，都是翻译。头两回是《现代小说译丛》和《日本现代小说集》，时在一九二一年左右，是我在《新青年》和《小说月报》登载过的译文，鲁迅其时也特地翻译了几篇，凑成每册十万字，收在商务印书馆的世界丛书里，稿费每千字五元，当时要算是最高的价格了。在一年前曾经托蔡校长写信，介绍给书店的《黄蔷薇》，也还只是二元一千字，虽然说是文言不行时，但早晚价不同也可以想见了。第三回是一册《希腊拟曲》，这是我在那时的唯一希腊译品，一总只有四万字，把稿子卖给文化基金董事会的编译委员会，得到了十元一千字的报酬，实在是我所得的最高的价了。我在序文的末了说道：

　　"这几篇译文虽只是戋戋小册，实在也是我的很严重的工作。我平常也曾翻译些文章过，但是没有像这回费力费时光，在这中间我时时发生恐慌，深有'黄胖揉年糕，出力不讨好'之惧，如没有适之先生的激励，十之七八是中途搁了笔了，现今总算译完了，这是很可喜的，在我个人使这三十年来的岔路不完全白走，固然自己觉得喜欢，而原作更是值得介绍，虽然只是太少。谛阿克列多斯有一句话道，一点点的礼物捎着大大的人情。乡曲俗语云，千里送鹅毛，物轻人意重。姑且引来作为解嘲。"关于这册译稿还有这么一个插话，交稿之前我预先同适之说明，这中间有些违碍词句，要求保留，即如第六篇拟曲《昵谈》里有"角先生"这一个字，是翻译原文抱朋这字的意义，虽然唐译芯刍尼律中有树胶生支的名称，但似乎不及角先生三字的通俗。适之笑着答应了，所以它就这样的印刷着，可是注文里在那"角"字右边加上了一直线，成了人名符号，这似乎有点可笑，——其实这角字或者是说明角所制的吧。最后的一回，不是和他直接交涉，乃是由编译会的秘书关滇桐代理的，在一九三七至三八年这一年里，我翻译了一部亚波罗陀洛斯的《希腊神话》，到一九三八年编译会搬到香港去，这事就告结束，我那神话的译稿也带了去不知下落了。

一九三八年的下半年，因为编译会的工作已经结束，我就在燕京大学托郭绍虞君找了一点功课，每周四小时，学校里因为旧人的关系特加照顾，给我一个"客座教授"（Visiting Professor）的尊号，算是专任，月给一百元报酬，比一般的讲师表示优待。其时适之远在英国，远远的寄了一封信来，乃是一首白话诗，其词云：

> 藏晖先生昨夜作一个梦，
> 梦见苦雨庵中吃茶的老僧，
> 忽然放下茶盅出门去，
> 飘然一杖天南行。
> 天南万里岂不太辛苦？
> 只为智者识得重与轻。
> 梦醒我自披衣开窗坐，
> 谁知我此时一点相思情。

一九三八．八．四。伦敦。

我接到了这封信后，也做了一首白话诗回答他，因为听说就要往美国去，所以寄到华盛顿的中国使馆转交胡安定先生，这乃是他的临时的别号。诗有十六行，其词云：

老僧假装好吃苦茶，

实在的情形还是苦雨，

近来屋漏地上又浸水，

结果只好改号苦住。

晚间拼好蒲团想睡觉，

忽然接到一封远方的信，

海天万里八行诗，

多谢藏晖居士的问讯。

我谢谢你很厚的情意，

可惜我行脚却不能做到：

并不是出了家特地忙，

因为庵里住的好些老小。

我还只能关门敲木鱼念经，

出门托钵募化些米面，——

老僧始终是个老僧，

希望将来见得居士的面。

廿七年九月廿一日，知堂作苦住庵吟，略仿藏晖体，
却寄居士美洲。十月八日旧中秋，阴雨如晦中录存。

侥幸这两首诗的抄本都还存在，而且同时找到了另一首诗，乃是适之的手笔，署年月日廿八，十二，十三，藏晖。诗四句分四行写，今改写作两行，其词云：

两张照片诗三首，今日开封一偶然。
无人认得胡安定，扔在空箱过一年。

诗里所说的事全然不清楚了，只是那寄给胡安定的信搁在那里，经过很多的时候方才收到，这是我所接到的他的最后的一封信。及一九四八年冬，北京解放，适之仓皇飞往南京，未几转往上海，那时我也在上海，便托王古鲁君代为致意，劝其留住国内，虽未能见听，但在我却是一片诚意，聊以报其昔日寄诗之情，今日王古鲁也早已长逝，更无人知道此事了。

末了还得加上一节，《希腊拟曲》的稿费四百元，于我却有了极大的好处，即是这用了买得一块坟地，在西郊的板井村，只有二亩的地面，因为原来有三间瓦屋在后面，所以花了三百六十元买来，但是后来因为没有人住，所以倒塌了，新种的柏树过了三十多年，已经成林了。那里葬着我们的次女若子，侄儿丰二，

191

最后还有先母鲁老太太，也安息在那里，那地方至今还好好的存在，便是我的力气总算不是白花了，这是我所觉得深可庆幸的事情。

ruò zǐ de bìng

若子的病

周作人

　　但是花明年会开的，春天明年也会再来的，不妨等明年再看：我们今年幸而能够留住了别个一去将不复来的春光，我们也就够满足了。

《北京孔德学校旬刊》第二
期于四月十一日出版，载有两篇
儿童作品，其中之一是我的小女
儿写的。

晚上的月亮

周若子

晚上的月亮，很大又很明。
我的两个弟弟说："我们把月亮请
下来，叫月亮抱我们到天上去玩。

月亮给我们东西，我们很高兴。我们拿到家里给母亲吃，母亲也一定高兴。"

但是这张旬刊从邮局寄到的时候，若子已正在垂死状态了。她的母亲望着摊在席上的报纸又看昏沉的病人，再也没有什么话可说，只叫我好好地收藏起来——做一个将来决不再寓目的纪念品。我读了这篇小文，不禁忽然想起六岁时死亡的四弟椿寿，他于得急性肺炎的前两三天，也是固执地向着佣妇追问天上的情形，我自己知道这都是迷信，却不能禁止我脊梁上不发生冰冷的奇感。

十一日的夜中，她就发起热来，继之以大吐，恰巧小儿用的摄氏体温表给小波波（我的兄弟的小孩）摔破了，土步君正出着第二次种的牛痘，把华氏的一具拿去应用，我们房里没有体温表了，所以不能测量热度，到了黎明从间壁房中拿表来一量，乃是四十度三分！八时左右起了痉挛，妻抱住了她，只喊说："阿玉惊了，阿玉惊了！"弟妇（即是妻的三妹）走到外边叫内弟起来，说："阿玉死了！"他惊起不觉坠落床下。这时候医生已到来了，诊察的结果说疑是"流行性脑脊髓膜炎"，虽然征候还未全具，总之是脑的故障，危险很大。十二时又复痉挛，这回脑的方面倒还在其次了，心脏中了霉菌的毒非常衰弱，以致血行不良，皮肤现出黑色，在臂上捺一下，凹下白色的痕好久还不回复。这一日里，院长山本博士，助手蒲君，看护妇永井君白君，前后都到，山本先生自来四次，永井君留住我家，帮助看病。第一天在混乱中过去了，次日病人虽不见变坏，可是一昼夜以来每两小时一回的樟脑注射毫不见效，心脏还是衰弱，虽然热度已减至三八至九度之间。这天下午因为病人想吃可可糖，我赶往哈达门去买，路上时时为不祥的幻想所侵袭，直到回家看见毫无动静这才略略放心。第三天是火曜日，勉强往学校去，下午三点半正要上课，听说家里有电话来叫，赶紧又告假回来，幸而这回只是梦呓，并未发生什么变化。夜中十二时山本先生诊后，始宣言性命可以无虞。十二日以来，经了两次的食盐注射，三十次以上的樟脑注射，身上拥着大小七个的冰囊，在七十二小时之末总算已离开了死之国土，这真是万幸的事了。

山本先生后来告诉川岛君说，那日曜日他以为一定不行的了。大约是第二天，永井君也走到弟妇的房里躲着下泪，她也觉得这小朋友怕要为了什么而辞去这个家庭了。但是这病人竟从万死中逃得一生，不知是那里来的力量。医呢，药呢，她自己或别的不可知之力呢？但我知道，如没有医药及大家的救护，她总是早已不存了。我若是一种宗派的信徒，我的感谢便有所归，而且当初的惊怖或者也可减少，但是我不能如此，我对于未知之力有时或感着惊异，却还没有致感谢的那么深密的接触。我现在所想致感谢者在人而不在自然，我很感谢山本先生与永井君的热心的帮助，虽然我也还不曾忘记四年前给我医治肋膜炎的劳苦。川岛斐君二君每日殷勤的访问，也是应该致谢的。

整整地睡了一星期，脑部已经渐好，可以移动，遂于十九日午前搬往医院，她的母亲和"姊姊"陪伴着，因为心脏尚须疗治，住在院里较为便利，省得医生早晚两次赶来诊察。现在温度复原，脉搏亦渐恢复，她卧在我曾经住过两个月的病室的床上，只靠着一个冰枕，胸前放着一个小冰囊，伸出两只手来，在那里唱歌。妻同我商量，若子的兄姊十岁的时候，都佳过十来块钱，分给用人并吃点东西当作纪念，去年因为筹不出这笔款，所以没有这样办，这回病好之后，须得设法来补做并以祝贺病愈。她听懂了这会话的意思，便反对说："这样办不好。倘若今年做了十岁，那么明年岂不还是十一岁么？"我们听了不禁破颜一笑。唉，这个小小的情景，我们在一星期前那里敢梦想到呢？

紧张透了的心一时殊不容易松放开来。今日已是若子病后的第十一日，下午因为稍觉头痛告假在家，在院子里散步，这才见到白的紫的丁香都已盛开，山桃烂熳得开始憔悴了，东边路旁爱罗先珂君回俄国前手植作为纪念的一株杏花已经零落净尽，只剩有好些绿蒂隐藏嫩叶的底下。春天过去了，在我们彷徨惊恐的几天里，北京这好像敷衍人似的短促的春光早已偷偷地走过去了。这或者未免可惜，我们今年竟没有好好地看一番桃杏花。但是花明年会开的，春天明年也会再来的，不妨等明年再看：我们今年幸而能够留住了别个一去将不复来的春光，我们也就够满足了。

今天我自己居然能够写出这篇东西来，可见我的凌乱的头脑也略略静定了，这也是一件高兴的事。

悼丏师

dào miǎn shī

丰子恺

偶然走过校庭，看见年纪小的学生弄狗，他也要管："为啥同狗为难！"

　　我从重庆郊外迁居城中，候
船返沪。刚才迁到，接得夏丏尊
老师逝世的消息。记得三年前，
我从遵义迁重庆，临行时接得弘
一法师往生的电报。我所敬爱的
两位教师的最后消息，都在我行
旅倥偬的时候传到。这偶然的事，
在我觉得很是蹊跷。因为这二位
老师同样地可敬可爱，昔年曾经
给我同样宝贵的教诲；如今噩耗

传来，也好比给我同样的最后的训示。这使我感到分外的哀悼与警惕。

我早已确信夏先生是要死的，同确信任何人都要死的一样。但料不到如此其速，使我八年违教，快要再见，终于不得再见！真是天实为之，谓之何哉！

犹忆廿六年秋，"卢沟桥事变"之际，我从南京回杭州，中途在上海下车，到梧州路去看夏先生。先生满面忧愁，说一句话，叹一口气。我因为要乘当天的夜车返杭，匆匆告别。我说："夏先生再见。"夏先生好像骂我一般愤然地答道："不晓得能不能再见！"同时又用凝注的眼光，站立在门口目送我。我回头对他发笑。因为夏先生老是善愁，而我总是笑他多忧。岂知这一次正是我们的最后一面，果然这一别"不能再见"了！

后来我扶老携幼，仓皇出奔，辗转长沙、桂林、宜山、遵义、重庆各地。夏先生始终住在上海。初年还常通信。自从夏先生被敌人捉去监禁了一回之后，我就不敢写信给他，免得使他受累。胜利一到，我写了一封长信给他。见他回信的笔迹依旧遒劲挺秀，我很高兴。字是精神的象征，足证夏先生精神依旧。当时以为马上可以再见了，岂知交通与生活日益困难，使我不能早归；终于在胜利后八个半月的今日，在这山城客寓中接到他的噩耗，也可说是"抱恨终天"的事！

夏先生之死，使"文坛少了一位老将"，"青年失了一位导师"，这些话一定有许多人说，用不着我再讲。我现在只就我们的师弟情缘上表示哀悼之情。

夏先生与李叔同先生（弘一法师），具有同样的才调，同样的胸怀。不过表面上一位做和尚，一位是居士而已。

犹忆三十余年前，我当学生的时候，李先生教我们图画、音乐，夏先生教我们国文。我觉得这三种学科同样的严肃而有兴趣。就为了他们二人同样的深解文艺的真谛，故能引人入胜。夏先生常说："李先生教图画、音乐，学生对图画、音乐，看得比国文、数学等更重。这是有人格作背景的原故。因为他教图画、音乐，而他所懂得的不仅是图画、音乐；他的诗文比国文先生的更好，他的书法比习字先生的更好，他的英文比英文先生的更好……这好比一尊佛像，有后光，故能令人敬仰。"这话也可说是"夫子自道"。夏先生初任舍监，后来教国文。但他也是博学多能，只除不弄音乐以外，其他诗文、绘画（鉴赏）、金石、书法、理学、佛典，以至外国文、科学等，他都懂得。因此能和李先生交游，因此能得学生的心悦诚服。

他当舍监的时候，学生们私下给他起个诨名，叫夏木瓜。但这并非恶意，却是好心。因为他对学生如对子女，率直开导，不用敷衍、欺蒙、压迫等手段。学生们最初觉得忠言逆耳，看见他的头大而圆，就给他起这个诨名。但后来大家都知道夏先生是真爱我们，这绰号就变成了爱称而沿用下去。凡学生有所请愿，大家都说："同夏木瓜讲，这才成功。"他听到请愿，也许暗呜叱咤地骂你一顿；但如果你的请愿合乎情理，他就当作自己的请愿，而替你设法了。

他教国文的时候，正是"五四"将近。我们做惯了"太王留别父老书""黄花主人致无肠公子书"之类的文题之后，他突然叫我们做一篇"自述"。而且说："不准讲空话，要老实写。"有一位同学，写他父亲客死他乡，他"星夜匍伏奔丧"。夏先生苦笑着问他："你那天晚上真个是在地上爬去的？"引得大家发笑，那位同学脸孔绯红。又有一位同学发牢骚，赞隐遁，说要"乐琴书以消忧，抚孤松而盘桓"。夏先生厉声问他："你为什么来考师范学校？"弄得那人无言可对。

这样的教法，最初被顽固守旧的青年所反对。他们以为文章不用古典，不发牢骚，就不高雅。竟有人说："他自己不会做古文（其实做得很好），所以不许学生做。"但这样的人，毕竟是少数。多数学生，对夏先生这种从来未有的、大胆的革命主张，觉得惊奇与折服，好似长梦猛醒，恍悟今是昨非。这正是五四运动的初步。

李先生做教师，以身作则，不多讲话，使学生衷心感动，自然诚服。譬如上课，他一定先到教室，黑板上应写的，都先写好（用另一黑板遮住，用到的时候推开来）。然后端坐在讲台上等学生到齐。譬如学生还琴时弹错了，他举目对你一看，但说："下次再还。"有时他没有说，学生吃了他一眼，自己请求下次再还了。他话很少，说时总是和颜悦色的。但学生非常怕他，敬爱他。夏先生则不然，毫无矜持，有话直说。学生便嬉皮笑脸，同他亲近。偶然走过校庭，看见年纪小的学生弄狗，他也要管："为啥同狗为难！"放假日子，学生出门，夏先生看见了便喊："早些回来，勿可吃酒啊！"学生笑着连说："不吃，不吃！"赶快走路。走得远了，夏先生还要大喊："铜钿少用些！"学生一方面笑他，一方面实在感激他，敬爱他。

夏先生与李先生对学生的态度，完全不同。而学生对他们的敬爱，则完全相同。这两位导师，如同父母一样。李先生的是"爸爸的教育"，夏先生的是"妈妈的教育"。夏先生后来翻译的《爱的教育》，风行于国内，深入于人心，甚至被取作国文教材。这不是偶然的事。

我师范毕业后，就赴日本。从日本回来就同夏先生共事，当教师，当编辑。我遭母丧后辞职闲居，直至逃难。但其间与书店关系仍多，常到上海与夏先生相晤。故自我离开夏先生的绛帐，直到抗战前数日的诀别，二十年间，常与夏先生接近，不断地受他的教诲。其时李先生已经做了和尚，芒鞋破钵，云游四方，和夏先生仿佛是两个世界的人。但在我觉得仍是以前的两位导师，不过所导的对象，由学校扩大为人世罢了。

李先生不是"走投无路，遁入空门"的，是为了人生根本问题而做和尚的。他是真正的和尚。他是痛感于众生的疾苦愚迷，要彻底解决人生根本问题，而"行大丈夫事"的。世间一切事业，没有比做真正的和尚更伟大的了；世间一切人物，没有比真正的和尚更具大丈夫相的了。夏先生虽然没有做和尚，但也是完全理解李先生的胸怀的；他是赞善李先生的行大丈夫事的。只因种种尘缘的牵阻，使夏先生没有勇气行大丈夫事。夏先生一生的忧愁苦闷，由此发生。

凡熟识夏先生的人，没有一个不晓得夏先生是个多忧善愁的人。他看见世间的一切不快、不安、不真、不善、不美的状态，都要皱眉、叹气。他不但忧自家，又忧友，忧校，忧店，忧国，忧世。朋友中有人生病了，夏先生就皱着眉头替他担忧；有人失业了，夏先生又皱着眉头替他着急；有人吵架了，有人吃醉了，甚至朋友的太太要生产了，小孩子跌跤了……夏先生都要皱着眉头替他们忧愁。学校的问题，公司的问题，别人都当作例行公事处理的，夏先生却当作自家的问题，真心地担忧；国家的事，世界的事，别人当作历史小说看的，在夏先生都是切身问题，真心地忧愁，皱眉，叹气。故我和他共事的时候，对夏先生凡事都要讲得乐观些，有时竟瞒过他，免得使他增忧，他和李先生一样的痛感众生的疾苦。但他不能和李先生一样行大丈夫事；他只能忧伤终老。在"人世"这个大学校里，这二位导师所施的仍是"爸爸的教育"与"妈妈的教育"。

朋友的太太生产，小孩子跌跤等事，都要夏先生担忧。那么，八年来水深火热的上海生活，不知为夏先生增添了几十万斛的忧愁！忧能伤人，夏先生之死，是供给忧愁材料的社会所致使，日本侵略者所促成的！

以往我每逢写一篇文章，写完之后总要想："不知这篇东西夏先生看了怎么说。"因为我的写文，是在夏先生的指导鼓励之下学起来的。今天写完了这篇文章，我又本能地想："不知这篇东西夏先生看了怎么说。"两行热泪，一齐沉重地落在这原稿纸上。

忆周作人先生

yì zhōu zuò rén xiān sheng

梁实秋

不过他表面上淡泊，内心里却是冷峭。

周作人先生住北平西城八道湾，看这个地名就可以知道那是怎样的一个弯弯曲曲的小胡同。但是在这个陋巷里却住着一位高雅的与世无争的读书人。

我在清华读书的时候，代表清华文学社会见他，邀他到清华演讲。那个时代，一个年轻学生可以不经介绍径自拜访一位学者，并且邀他演讲，而且毫无报酬，好像不算是失礼的事。如今手续似乎更简便了，往往是一通电话便可以邀请一位素未谋面的人去讲演什么的。我当年就是这样冒冒失失地慕名拜访。转弯抹角地找到了周先生的寓所，是一所坐北朝南的两进平房，正值雨后，前院积了一大汪子水，我被引进去，沿着南房檐下的石阶走进南屋。地上铺着凉席。屋里已有两人在谈话，一位是留了一撮小胡子的鲁迅先生，另一位年轻人是写小诗的何植三先生。鲁迅先生和我招呼之后就说："你是找我弟弟的，请里院坐吧。"

里院正房三间，两间是藏书用的，大概有十个八个木书架，都摆满了书，有竖立的西书，有平放的中文书，光线相当暗。左手一间是书房，很爽亮，有一张大书桌，桌上文房四宝陈列整齐，竟不像是一个人勤于写作的所在。靠墙一几两椅，算是待客的地方。上面原来挂着一个小小的横匾，"苦雨斋"三个字是沈尹默写的。斋名苦雨，显然和前院的积水有关，也许还有屋瓦漏水的情事。总之是十分恼人的事，可见主人的一种无奈的心情。（后来他改斋名为"苦茶庵"了。）俄而主人移步入，但见他一袭长衫，意态懒然，背微伛，目下视，面色灰白，短短的髭须满面，语声低沉到令人难以辨听的程度。一仆人送来两盏茶，日本式的小盖碗，七分满的淡淡清茶。我道明来意，他用最简单的一句话接受了我们的邀请。于是我不必等端茶送客就告辞而退，他送我一直到大门口。

从北平城里到清华，路相当远，人力车要一个多小时，但是他准时来了，高等科礼堂有两三百人听他演讲。讲题是《日本的小诗》。他特别提出所谓俳句，那是日本的一种诗体，以十七个字为一首，一首分为三段，首五字，次七字，再五字，这是正格，也有不守十七字之限者。这种短诗比我们的五言绝句还要短。由于周先生语声过低，乡音太重，听众不易了解，讲演不算成功。幸而他有讲稿，随即发表。他所举的例句都非常有趣，我至今还记得的是一首松尾芭蕉的作品，好像是"听呀，青蛙跃入古潭的声音！"这样的一句，细味之颇有禅意。此种短诗对于试写新诗的人颇有影响，就和泰戈尔的散文诗一样，容易成为模拟的对象。

民国二十三年我到了北京大学，和周先生有同事三年之雅。在此期间我们来往不多，一来彼此都忙，我住东城他住西城相隔甚远，不过我也在苦雨斋做过好几次的座上客。我很敬重他，也很爱他的淡雅的风度。我当时主编一个周刊《自由评论》，他给过我几篇文稿，我很感谢他。他曾托我介绍把他的一些存书卖给学校图书馆。我照办了。他也曾要我照拂他的儿子周丰一（在北大外文系日文组四年级），我当然也义不容辞，我在这里发表他的几封短札，文字简练，自有其独特的风格。

周先生晚节不终，宦事敌伪，以至于身系缧绁，名声扫地，是一件极为可惜的事。不过他所以出此下策，也有其远因近因可察。他有一封信给我，是在抗战前夕写的：

实秋先生:

　　手书敬悉。近来大有闲,却也不知怎的又甚忙,所以至今未能写出文章,甚歉。看看这"非常时"的四周空气,深感到无话可说,因为这(我的话或文章)是如此的不合宜的。日前曾想写一篇关于《求己录》的小文,但假如写出来了,恐怕看了赞成的只有一个——《求己录》的著者陶葆廉吧?等写出来可以用的文章时,即当送奉,匆匆不尽。

作人启　七日夜

关于《求己录》的文章虽然他没有写,我们却可想见他对《求己录》的推崇,按,《求己录》一册一函,光绪二十六年杭州求是书院刊本,署芦泾循士著,乃秀水陶葆廉之别号。陶葆廉是两广总督陶模(子方)之子,久佐父幕,与陈三立、谭嗣同、沈雁潭合称四公子。作人先生引陶葆廉为知己,同属于不合时宜之列。他也曾写信给我提到"和日和共的狂妄主张",是他对于抗日战争早就有了他自己的一套看法。他平素对于时局,和他哥哥鲁迅一样,一向抱有不满的态度。

　　作人先生有一位日籍妻子。我到苦茶庵去过几次没有拜见过她,只是隔着窗子看见过一位披着和服的妇人走过,不知是不是她。一个人的妻子,如果她能勤俭持家相夫教子而且是一个"温而正"的女人,她的丈夫一定要受到她的影响,一定爱她,一定爱屋及乌地爱与她有关的一切。周先生早年负笈东瀛,娶日女为妻，对于日本的许多方面有好的印象是可以理解的。我记得他写过一篇文章赞美日本式的那种纸壁地板蹲坑的厕所，真是匪夷所思。他有许多要好的日本朋友，更是意料中事，犹之鲁迅先生之与上海虹口的内山书店老板过从甚密。

抗战开始，周先生舍不得离开北平，也许是他自恃日人不会为难他。以我所知，他不是一个热中仕进的人，也异于鲁迅之偏激孤愤。不过他表面上淡泊，内心里却是冷峭。他这种心情和他的身世有关。一九八二年九月二十日《联合报》万象版登了一篇《高阳谈鲁迅心头的烙痕》：

> 鲁迅早期的著作，如《呐喊》等，大多在描写他的那场"家难"：其中主角是他的祖父周福清，同治十年三甲第十五名进士，外放江西金溪知县。光绪四年因案被议，降级改为"教谕"。周福清不愿做清苦的教官，改捐了一个"内阁中书"，做了十几年的京官。

> 光绪十九年春天，周福清丁忧回绍兴原籍。这年因为下一年慈禧太后六旬万寿，举行癸巳恩科乡试：周福清受人之托，向浙江主考贿买关节，连他的儿子也就是鲁迅的父亲周用吉在内，一共是六个人，关节用"宸衷茂育"字样；另外"虚写银票洋银一万元"，一起封入信封。投信的对象原是副主考周锡恩，哪知他的仆人在苏州误投到正主考殷如璋的船

上。殷如璋不知究竟，拆开一看，方知贿买关节。那时苏州府知府王仁堪在座，而殷如璋与周福清又是同年，为了避嫌疑起见，明知必是误投，亦不能不扣留来人，送官究办。周福清就这样吃上了官司。

科场舞弊，是件严重的事。但从地方到京城，都因为明年是太后六十万寿，不愿兴大狱，刑部多方开脱，将周福清从斩罪上量减一等，改为充军新疆。历久相沿的制度是，刑部拟罪得重，由御笔改轻，表示"恩出自上"；但这一回令人大出意外，御着批示："周福清着改为斩监候，秋后处决。"

这一来，周家可就惨了。第二年太后万寿停刑，固可多活一年；但自光绪二十一年起，每年都要设法活动，将周福清的姓名列在"勾决"名册中"情实"一栏之外，才能免死。这笔花费是相当可观的；此外，周福清以"死囚"关在浙江臬司监狱中，如果希望获得较好的待遇，必须上下"打点"，非大把银子不可。周用吉的健康状况很差，不堪这样沉重的负担，很快地就去世了。鲁迅兄弟被寄养在亲戚家，每天在白眼中讨生活；十几岁的少年，由此而形成的人格，不是鲁迅的偏激负气，就是周作人的冷漠孤傲，是件不难想象的事。

鲁迅心头烙痕也正是周作人先生的心头烙痕，再加上抗战开始后北平爱国志士那一次的枪击，作人先生无法按捺他的激愤，遂失足成千古恨了。在后来国军撤离南京的前夕，蒋梦麟先生等还到监牢去探视过他，可见他虽然是罪有应得，但是他的老朋友们还是对他有相当的眷念。

一九七一年五月九日《中国时报》副刊有南宫搏先生一文《于〈知堂回想录〉而回想》，有这样的一段：

> 我曾写过一篇题为《先生，学生不伪！》不留余地地指斥学界名人傅斯年。当时自重庆到沦陷区的接收大员，趾高气扬的不乏人，傅斯年即为其中之一。我们总以为学界的人应该和一般官吏有所不同，不料以清流自命的傅斯年在北平接收时，也有那一副可憎的面目，连"伪学生"也说得出口！——他说"伪教授"其实也可恕了。要知政府兵败，弃土地人民而退，要每一个人都亡命到后方去，那是不可能的。在敌伪统治下，为谋生而做一些事，更不能皆以汉奸目之，"饿死事小，失节事大"，说说容易，真正做起来，却并不是叫口号之易也。何况，平常做做小事而谋生，遽加汉奸帽子，在情在理，都是不合的。

南宫搏先生的话自有他的一面的道理，不过周作人先生无论如何不是"做做小事而谋生"，所以我们对于他的晚节不终只有惋惜，无法辩解。